キィンッ。
と、響き渡る金属と
金属がぶつかる音。
見上げれば、そこに居たのは金髪碧眼、
白の軽鎧を纏った女剣士。

「っ……これ、は!?」
アハトの服の中から、大量のスライムが現れたのだ。

常勝魔王のやりなおし２

～俺はまだ一割も本気を出していないんだが～

アカバコウヨウ

HJ文庫
930

口絵・本文イラスト　アジシオ

目次

これまでのあらすじ

魔王《まおう》ジークが伝説の勇者ミア・シルヴァリアに倒《たお》され。

彼《かれ》が彼女《かのじょ》の子孫たち――至高の勇者達《たち》との戦いを夢見てから五百年後。

彼は冒険者《ぼうけんしゃ》のアルに、過去の記憶《きおく》と能力の全《すべ》てを譲渡《じょうと》する形で現代に蘇《よみがえ》る。

こうして魔物《まもの》からの転生者――宿魔人《しゅくまじん》となったジーク。

「さて、この時代の勇者はどんなに素晴《すば》らしい奴等《やつら》なんだ？　ミアの子孫たちなんだから、さぞ完璧《かんぺき》な世界を作っているんだろうな」

しかし、彼がそこで見たのは人々が勇者に怯《おび》える歪《ゆが》んだ世界。

ミアの子孫は堕落《だらく》し、その血筋をふりかざし暴虐《ぼうぎゃく》の限りを尽《つ》くしていたのだ。

「ふざけるな……こいつらは、俺《おれ》の好敵手だったミアを穢《けが》している」

こんな奴等に勇者を名乗らせるわけにはいかない。

そう判断したジークは旅に出るのだった。

冒険者仲間にして、真の勇者——ミアの正統なる後継者《こうけいしゃ》である証、光の紋章《もんしょう》を持つ少女ユウナ。

ジークのかつての配下である、サキュバスの少女アイリス。

竜《りゅう》の宿魔人であり、優《すぐ》れた魔法使《まほうつか》いの少女ブラン。

そんな頼《たよ》れる仲間達とともに。

彼の旅の目的は大きく分けて二つ。

一つは血筋だけのニセ勇者共を間引き、ミアの名を穢させない事。

もう一つは真の勇者であるユウナを覚醒《かくせい》させる伝説の地——勇者の試練を見つける事。

「魔王である俺が真の勇者であるユウナを育て、最終的に俺と戦わせる」

そうすればジークの夢であった『至高の勇者との戦い』は、形を変えて叶《かな》う。

ジークはそれを楽しみに、ニセ勇者率いるクソ冒険者達討伐《とうばつ》の旅を続けていく。

そんな中出会ったのは、地域を支配する邪悪《じゃあく》な勇者にして、因縁《いんねん》の相手エミール。

ジークは彼が仕掛《しか》けてくる邪悪な攻撃《こうげき》を、仲間達と共に次々に乗り越《こ》えていく。

そしてついに、ジークはエミールを一騎打《いっきう》ちの末、打倒《だとう》することに成功したのだった。

プロローグ　錬金術《れんきんじゅつ》の街

勇者の血筋を振《ふ》りかざし、暴虐非道の限りを尽くしていたエミール。

そして、彼が率いていた冒険者ギルドのクズども。

そんな彼等の本拠地《ほんきょち》であるルコッテの街を、解放してから時は少し後。


現在、ジーク達はルコッテから離《はな》れた街。

錬金術が盛んなアルスへとやってきていた。

周囲を見回せば、露店《ろてん》や専門店が立ち並ぶ商店街。

それら店の全ては、錬金術関連で埋《う》め尽くされている。

（さすが、錬金術の街と称《しょう》されるアルスだな。戦闘《せんとう》に転用できないレベルとはいえ、住民の全てが錬金術師というだけある）

用件を済ませたら、店を見てみるのもいいに違《ちが》いない。

それなりに楽しめそうだ。

などなど、ジークがそんな事を考えていると。

「で、魔王様！　私達って、どうしてここに来たんでしたっけ？」

と、聞こえてくるのはジークの配下であり、五百年前の魔物の少女。

悪魔《あくま》な先端《せんたん》ハート尻尾《しっぽ》と悪魔な羽がトレードマーク、サキュバスのアイリスだ。

ジークはそんな彼女へと言う。

「何回も言った気がするが……まぁいい。結論から言うと、ここに『勇者の試練についての情報』があるかもしれないからだ」

「勇者の試練……な、なるほど」

なるほど。

どうやらアイリスは、勇者の試練が何なのか忘れたに違いない。

故《ゆえ》にジークはそんな彼女へと、言葉を続ける。

「勇者の試練っていうのは、真の勇者——血筋ではなく、正統な勇者の後継者を覚醒させる試練の事だ」

「あぁ、思い出しましたよ！　ユウナを強くするやつですよね！」

「まぁ、だいたいそんなところだ」

真の勇者が『勇者の試練』で課される課題をクリアすれば、飛躍的《ひやくてき》に身体能力があがる。

と、ジークがそんな事を考えていると。

「でもでも、それでどうしてこの街に来たんです？　勇者の試練の情報がここにあるって、どうして察しがついたんですか？」

「結論から言うと、アルと混じった俺の記憶《きおく》に残っているからだ――この街の勇者もまた錬金術師で、しかも『勇者についての研究』をしているとな」

この街の勇者――アルスの勇者が、どれほどのレベルの錬金術師かは正直不明だ。

けれど、アルスの勇者が、『勇者について研究している』というならば。

アルスの勇者が『真の勇者』や『勇者の試練』について知っている可能性はある。

奴等は仮にも勇者の子孫。

その権力と、語《かた》り継《つ》がれている情報などを本気で研究すれば――。

（まぁ辿《たど》り着くだろうな、それくらい。とはいえ、奴等がその情報や研究成果を公開することは、絶対にないだろうが）

特に前者を公表してしまえば、今の勇者の地位は失墜《しっつい》するのだから。

まったく、現代の勇者は腹立たしい。

五百年前、魔王ジークを倒し世界を救った真の勇者——ミア・シルヴァリア。

(ただでさえ、今の勇者の暴挙はあいつを貶《けな》している。なのにまさか『ミアの末裔《まつえい》がミアの情報を隠蔽《いんぺい》する可能性がある』なんて、そんな事を考える羽目になるとはな)

本来ならば、現代勇者はミアを称《たた》え、その情報の全てを人々に開示するべきだ。

隠《かく》して良いレベルのものではない。

なんせ、そのせいで現代は『勇者』という、特権階級が生まれてしまっている。

(ミアはそんな差別的な世界を、絶対に望んだりしていない)

この世界をミアも望んだ形にする。

それは敗者であるジークの……彼女を好敵手と認めていた、ジークの義務でもある。

などなど、ジークがそんな事を考えていると。

くいくい。

くいくいくい。

と、引っ張られるのはジークの服だ。

見れば、そこに居たのは真っ白な魔法使いの少女。

ジークと同じく魔物からの転生者――宿魔人《しゅくまじん》のブランだ。

彼女はジトっとした様子で、ジークへと言ってくる。

「まおう様……この街の勇者から研究成果を奪《うば》う？　ん……だったらブラン、頑張《がんば》って手伝う！」

「いや、目的は確かに研究成果――勇者の試練の情報だ。でも、もしこの街の勇者が善人だったら、無理矢理《むりやり》奪う様な真似《まね》はしないよ」

「ん……大丈夫《だいじょうぶ》。仮にもブランは一時的に、勇者エミールの仲間だった。だからブラン、この街の勇者の情報が少しある……全然いい人じゃない。街の人で人体実験してる噂《うわさ》がある」

「はぁ……」

頭が痛くなってきた。

ジークの淡《あわ》い希望は、早々に木端微塵《こっぱみじん》にされた。

現代の勇者の大半は、地位と権力に溺《おぼ》れクソ化している……それでも。

ひょっとしたら、この街の勇者はミアの様に高潔で強いかもしれない。

なんて、心のどこかでワンチャンに賭《か》けていたジークがバカだった。

（しかも、勇者が本来守るべき住民で人体実験だと？　ミアなら当然、そんな事は絶対に

しなかった。むしろあいつなら、自分の身を差し出す側だ）
やはり許せない。現代の勇者はミアを冒涜《ぼうとく》している
これ以上、『勇者』のイメージを悪くするわけにはいかない。
そんな事をされれば、ミア自身のイメージ失墜を招いてしまう。
それだけは、絶対に許されない

「だ、大丈夫だよジークくん！」


と、ジークの思考を断《た》ち切るように聞こえてくるのは、気遣《きづか》ってくれるかの様な声。

見れば、そこに居たのはポニーテールがトレードマークの冒険者の少女。

彼女こそは正統なる勇者ミアの後継《こうけい》――『真の勇者』見習いのユウナだ。

そんな彼女はジークへと言葉を続けてくる。

「ひょっとしたら、まだ『この街の勇者が、良い人』って可能性あるよ！」

「励《はげ》ましてくれるのは嬉《うれ》しいが、そんな可能性あるか？」

「人は少しの時間でも、本気で願えば改心してくれるものだよ！　ブランさんが知っている頃《ころ》から、時間は経《た》ってるし……うん、改心してくれているかも！」

「本気でそう、思うか？」

「うん！　だって仮にも、この街を守るべき勇者だもん！　実際に見るまでは……その、信じてあげないと可哀想《かわいそう》だよ！」

相変わらずユウナはまっすぐだ。

彼女はルコッテの勇者エミールに、酷《ひど》い目に遭《あ》わされかけたことがある。

それでも、こんな事を言えるのだ。

(これで、この街の勇者がクソだったら、二重にイラつくな)

ミアを冒涜している事しかり。

ユウナの気持ちを裏切った事しかり。

(よし、今のうちに心の中で素振《すぶ》りしておくか)

いざという時に、全力で勇者をぶっ飛ばせるように。

と、ジークがそんな事を考えた。

まさにその時。

聞こえてくるのは爆音《ばくおん》。

見えるのは立ち上る爆炎《ばくえん》。

（なんだ？　位置は結構離れているが……）

　などと、ジークが考えている間にも、往来の人々は慌《あわ》てた様子で避難《ひなん》していく。

　住民達は何かを恐《おそ》れている様だが、同時に『諦《あきら》めた』といった様な表情をしている。

　要するに、慣れているのだ――この街では時折、こういう事が起こると。

　この街は平和な街ではないと。

（嫌《いや》な予感もするし、面倒《めんどう》な予感もある。だけど、ある意味ちょうどいいな）

　この街の勇者はまともか。

　この街でいったい何が起きているのか。

　それらを知れるチャンスが、ここで巡《めぐ》って来るかもしれないのだから。

「なぁ、お前もそう思うだろ？」

　言って、ジークは愛剣《あいけん》――他者を合意の下《もと》、奴隷《どれい》にする力を持つ《隷属《れいぞく》の剣》を鞘《さや》から引き抜《ぬ》く。

　そして、それを頭上へと翳《かざ》した瞬間《しゅんかん》。


　キィンッ。

と、響《ひび》き渡《わた》る金属と金属がぶつかる音。

見上げれば、そこに居たのは金髪碧眼《きんぱつへきがん》、白の軽鎧を纏《まと》った女剣士《けんし》。

彼女は空中で、見事に身体《からだ》を操《あやつ》り、ジークからやや離れた位置へと着地する。

ジークはそんな彼女へと――。

「いきなり斬《き》りつけてくるとは、物騒《ぶっそう》な――っ」

言おうとしたところで、言葉は止まってしまう。

その理由は簡単。

「ミハエルがいくら冒険者を差し向けようと、わたしはここで捕《つか》まるわけにはいかないのです……この手で人々を助けるため、絶対に！」

そんな彼女の声が。

そんな彼女の表情が。

「お前は……誰《だれ》だ？」

五百年前のジークの好敵手。

真の勇者であるミア・シルヴァリアと、瓜二《うりふた》つだったのだから。

「ミハエルがいくら冒険者を差し向けようと、わたしはここで捕まるわけにはいかないのです……この手で人々を助けるため、絶対に！」

言って、ジークへと剣を向けてくる金髪碧眼の女剣士。

瞬間、ジークの身体は思う様に動かなくなった。

（なんだ……これは？　まさか、この俺が……動揺《どうよう》している、のか？）

けれど、それも仕方ない事だ。

と、ジークは目の前の少女を見る度《たび》に思ってしまう。

なぜならば、ジークはこの少女を見たことがあるからだ。

しかしそれはあり得ない。

なんせ、彼女を最後に見たのは五百年前——ジークが死ぬ間際《まぎわ》の事だ。

故にジークは、確認《かくにん》の意味を込めて金髪《きんぱつ》の少女へと言う。

「お前は……誰だ？」

「白々しいですね。おまえがミハエルの仲間なのは、しっかりわかっています。そうやって、無関係を装って、わたしを油断させようとしても無駄《むだ》です。わたしはこの街の人々を救うまで、決して――」

「ミア」

「……はい？」

と、険しい顔で首をかしげてくる少女。

ジークはそんな彼女へと、言葉を続ける。

「お前の名は……勇者、ミア・シルヴァリアか？」


少女の顔も、少女の声も。

ジークは少女のなにもかもを、鮮烈《せんれつ》に覚《し》っている。

なんせ、彼女はジークが認める真の勇者――ミア・シルヴァリアと瓜二つなのだから。

などなど、ジークがそんな事を考えていると。

「わたしがミアか……と、そう問いましたね」

と、言ってくる少女。

彼女はキッとジークを睨《にら》み付けてくると、そのまま言葉を続けてくる。

「そもそもわたしを作り出したのは、おまえ達ではないですか！　それならば、聞かずともそんな事はわかるはずです！」

「作り出した？　待て、何を言っている？」

というか、どうしてこの少女はいきなり怒《おこ》っているのか。

と、ここでジークはふと思う。

「あぁ、そういえば俺の名前をまだ教えてなかったな」

人間はマナーを大切にする。

何かを聞くときは、自らが名乗るべきだった。

ジークはそんな事を考えた後、目の前の少女へと言う。

「俺の名前はジークだ。これで質問に答えてくれるだろ？」

「そうですか、ジーク。おまえは最悪ですね――ミハエルの部下であるならば、わたしの生まれを……ミアとの関係を知らない訳がない」

「待て、そもそもミハエルっていったい――」

「挑発《ちょうはつ》、しているのですか？　失敗作であるわたしの出自を、わたし自身から語らせることによって」

「あ～……っと」

まずい。

なんだか、どんどん怒っていっている気がする。

ジークとしては、本気で穏便《おんびん》に話したいだけなのだが。

「けれど、そうまで聞きたいのなら、名前くらいは教えてあげます」

と、聞こえてくる少女の声。

彼女は剣を構えているのとは反対の手を胸に当て、ジークへと言ってくる。

「わたしの名はアハト……そして、ミハエルの部下であるおまえを倒す者の名です」

「アハト、そうか。お前はアハトというのか、いい名前だ」

「いい名前？　これはおまえ達がつけた記号――単なる製造番号でしょう？　先ほどから何度も何度も、どこまでわたしを挑発する気ですか、おまえは？」

「すまないな。さっきから、話がまるで嚙《か》みあってない。よければ、話を聞かせてもらいたいんだが」

「わたしを油断させようとしても無駄と言ったはず……それでも、どうしても話を聞きたいと言うのなら、わたしを負かしてみることです」

「なるほど、だったら仕方ないな」

ジークとしても、正直我慢《がまん》が出来そうになかったのだ……なんせ。

（アハトは強い……立ち上る剣気《オーラ》だけで、はっきりとわかる）

勇者ミアに匹敵《ひってき》しかねないほど、アハトは研《と》ぎ澄《す》まされている。

おまけに、そのミアと同じ容姿ときている。

故にジークは、アハトとぜひ戦ってみたいのだ。

「アイリス、ブラン、それにユウナ。少し下がってろ――こいつは俺がやる」

「あの顔について、いろいろ言いたいことがありますけど、今は言う通りにしますよ！」

「ん……まおう様、存分に楽しんで」

「なんだかよくわからないけど、あとで話を聞かせてね！」

言って、それぞれ下がっていく三人。

ジークはそれを確認した後、改めてアハトへと言う。

「待たせたな、始めようか」

「言われなくとも！」

言って、ジークへと突っ込んで来るアハト。

その速度は凄《すさ》まじい。

きっと、ブランやアイリスでさえ反応しきれないに違いない。

「何を笑っているのですか！」

そんな言葉と同時、ジークへと繰《く》り出されるのはアハトの斬撃。

斜《なな》め下から斜め上へ――やはりジーク以外では目視不能に違いないその一撃《いちげき》。

ジークがそれを剣で弾《はじ》いた、まさにその時。


アハトの斬撃は断ち切った。

遥《はる》か天空――そこに浮《う》かぶ雲を。

真っ二つに。


(バカな⁉　アハトの剣には魔力《まりょく》が込められていなかった……！)

にもかかわらず、アハトは斬撃を飛ばしたのだ。

アハトはどうやったのか……簡単だ。

腕力《わんりょく》ではなく、魔力でもなく。

単純な剣技のみで、アハトはそれを為《な》したのだ。

(剣技だけでなんて、そんなの俺にも出来ない)

こんな芸当が出来たのは、後にも先にも一人——ミアのみだ。

「はぁあああああああああああああっ！」

と、ジークの思考を断ち切るように聞こえてくるのは、アハトの声。
同時、ジークへと襲《おそ》いかかってくるのは、アハトの怒涛《どとう》の連撃。
ジークがそれを防ぐ度、周囲の地面や壁《かべ》に斬撃痕が刻まれていく。
（はっ！　こんなに楽しいのは転生してから初めてだっ）
アハトの絶技、存分に味わってやろう。
ジークはそんな事を考えた後、ひたすらにアハトと剣戟《けんげき》を交《か》わしていく。
時に火花を撒《ま》き散らし。
時に斬撃に身を躍《おど》らせながら。

そして、時にして数分にも満たないほど後。
体感にして、何時間もが経った頃。
ジークはなおも連撃を受け流しながら、アハトへと言う。

「アハト！　お前は力も気迫《きはく》も、ミアには遠く及《およ》ばない！」

「っ……それで失敗作と、嘲笑《あざわら》っているというわけですか。やはりおまえは――」

「何を言っているかわからないが、勘違《かんちが》いするな」

「勘違いする余地など！」

言って、ジークの剣を巻き取る様に、剣を操ってくるアハト。

ジークがそれを認識《にんしき》した時には、すでに手遅《ておく》れで――。

「お前の剣技は、俺を完全に凌駕《りょうが》している。その技量のみは、ミアに迫《せま》るものがある」

アハトの剣に巻き取られた《隷属の剣》。

それはジークの手を離れ、空中へと舞《ま》い踊《おど》る。

すなわち、現在ジークは徒手空拳《としゅくうけん》――無防備と言ってもいい。

「さようならジーク、わたしの勝ちです」

言って、ジークの首めがけて振るわれるアハトの剣。

その速度はやはり凄まじく、このタイミングで避《よ》けるのは不可能に近い。

（ただし……俺じゃなければな）

ジークは意識を集中させ、アハトの剣の軌道《きどう》を見極《みきわ》める。

続けて、彼は剣を持っていたのとは反対の手で、握《にぎ》り拳《こぶし》をつくる。

タイミングを見計らい……狙《ねら》うのは。

（ここだっ）


そして、ジークは拳を振り上げる。

それが当たった場所は、アハトの剣の腹——今まさに振るわれていた、神速の斬撃だ。

「なっ⁉」

と、驚《おどろ》いた様子の声をあげるアハト。

理由は簡単だ。

ジークの拳を受けたアハトの斬撃。

その軌道は完全に、変えられてしまったのだから。

結果、ジークの頭上数センチ上を、アハトの剣がかすめていく。

目の前に居るのは、隙《すき》だらけのアハト。

「アハト。剣技のみならお前は、間違《まち》いなくミアの次に強かったよ——無論、俺よりもな」

この時代に転生してから、初めて戦いらしい戦いが出来た。

楽しく、濃密《のうみつ》な戦いの時間……けれどそれも。

「これで終わりだ、アハト」

無論、殺しはしない。

ジークとしては、アハトにミアとの関係性を詳《くわ》しく聞きたいのだ。

それになにより。

(俺を楽しませることが出来る奴なんて、五百年前も含《ふく》めて数名しかいないからな……しかも魔法《まほう》の類《たぐい》をいっさい使わず、剣技だけでなんてな)

そんなアハトを、殺すなんてありえない。

などなど、ジークはそんな事を考えた後、アハトの腹へと攻撃《こうげき》をしようとした直前——。

「痛《つ》ぅ……っ」

と、まだ何もしていないにもかかわらず腹を押《お》さえて、へたり込んでしまうアハト。

ジークは瞬時《しゅんじ》に構えを解き、上から振ってきた《隷属の剣》をキャッチ。

そして彼は、そんなアハトへと言う。

「まだ攻撃はしていないと思ったが、どうかしたのか？」

「うる、さい……わたしは」

「なるほど、その様子……すでに誰かと戦ってきた後か。アハト、お前大分消耗《しょうもう》しているな？」

「それが、なんだと言うのですか？」

「いや、感心していたんだよ。消耗してなおあの戦いぶりだ、正直素晴らしいとしか言えない——お前は俺やミアと同じ領域に、片足を突っ込んでいるよ」

要するに、アハトは現代の剣士の平均戦闘力《せんとうりょく》を軽く超越《ちょうえつ》している。

万全《ばんぜん》状態の彼女の剣技を、是非《ぜひ》とも味わってみたいものだ。

故にジークはアハトへと言う。

「これ以上、戦うのはやめにしないか？」

「捕まれと……わたしに、実験施設《しせつ》に戻《もど》れと言うのですか？」

「はぁ……もう一度言うけど、話がまるで噛みあってない。どういうことだ？」

「白々しい！　おまえは白々しい男です！　いったい何度、わたしを騙《だま》そうとすれば気が済むのですか！　おまえがミハエルの仲間なのは、わかっています！」

「お前も何回、それを言えば気が済むんだよ。多分勘違いだぞ、それ」

ひょっとすると、このアハトという少女。

かなり猪《いのしし》思考な様に見えるし、結構あれなのかもしれない。

「ポンコツだな、こいつ」

「な……っ！　だ、誰がポンコツですか！」

と、何とかといった様子で立ち上がるアハト。

凄まじいガッツだ。

というかジーク、完全に失敗した。

「あぁ、すまない。うっかり、思っていた事が口にでた」

「っ……お、おまえという奴は！　どこまでわたしをバカにすれば！」

言って、ジークに詰《つ》め寄って来るアハト。

彼女はジークの胸倉《むなぐら》を掴《つか》んで来ると、そのまま彼へと言葉を続けてくる。

「わたしは人々を苦しめる勇者が嫌《きら》いです！　そして、冒険者も同様に――中でも、おまえの様に、ふざけた挑発を……繰り返す奴が、一番きら……い、で……」

「アハト？」

「…………」

「おい、どうした？」

「…………」

と、何故《なぜ》か虚《うつ》ろな目つきで無反応なアハト。

次の瞬間――。

「きゅ～……」

と、可愛《かわい》い声を出した後、パタリとジークにもたれかかって来るアハト。

なるほど、どうやら体力が限界を迎《むか》えたに違いない。

「改めて凄《すご》いな……アハトの奴」

消耗どころではない。

倒れる寸前にもかかわらず、ジークとあれほどの戦いをしたのだ。

（俺は常に、攻撃を無効化する障壁《しょうへき》を纏っているから、アハトの攻撃を受けてもなんてことはない……だが）

ルコッテでの勇者エミールとの戦いの際。

奴が持ちだした《ヒヒイロカネ》という金属で作られた伝説の武器。

（あれをアハトが持っていたら、かなり苦戦したかもしれないな）

《ヒヒイロカネ》はジークの障壁を突破《とっぱ》するだけではない。

なんせそれは、使用者の力を極限まで高めるのだから。

（本当に強い奴が、本当に強い武器を持つ……それほど恐ろしい事はないからな）

アハト――ジークの胸に忘れずに、その名を刻んでおこう。

至高の剣士として。

「あは♪　死んだんですか⁉　その女剣士、死んじゃった感じですか⁉」

と、ジークの思考を断ち切る様に、聞こえてくるのはアイリスの嬉しそうな声だ。

彼女はふよふよ飛んでくると、アハトを見ながらジークへと言ってくる。

「ほら！　なんだかこの子――魔王様を殺してくれちゃったミアっちに、色々と似てるじゃないですか！　だから、全力で敗北をお祈《いの》りして……って、生きてるじゃないですか⁉」

「アハトからは話を聞きたいからな、死んでもらうと困る」

「あれですね。『俺に逆らったんだから、女に産まれたことを後悔《こうかい》させてやる』ってやつですね⁉　そうやって話を聞くんですね⁉　いいですね、いいと思います！　持って帰って、苗床《なえどこ》にしましょう！　剣士ですけど、女騎士《きし》くっころ的な事をしましょうよ！」

「アイリス」

「あ！　そうだ！　それより、両手両足縛《しば》ってオークの巣穴に入れましょうよ！　大嫌《だいきら》いなミアのそっくりさんが苦しんでる様とか、メシウマで――」

「アイリス！」

「わわっ⁉　なんですかもう！」

「頼《たの》むから少し静かにしてくれ」

「え〜もう、今度構ってくださいよ？」

「わかった、わかった……約束するよ」

言って、ジークは気絶したアハトをお姫様抱《ひめさまだ》っこ。

そのまま、ユウナとブランの下まで運んでいく。


すると。

「まおう様……このアハトって人間、何者？」

と、言ってくるのはブランだ。

ブランもかつて、ミアと直接戦った事がある魔物《まもの》だ。

というか彼女《かのじょ》はジークと同じく、五百年前にミアに止《とど》めを刺《さ》された仲間でもある。

故に、ブランは『ミアそっくりのアハト』の正体が気になったに違いない。

などなど、そんな事を考えた後、ジークはブランへと言う。

「まず、戦った感じだが。こいつからは、魔力――魔法を起動させる燃料が全く感じられない」

「魔力が……ん、そんなのありえない」

「あぁ、この世界に魔力がない人間なんていない」

　生物である以上、どんな虫けらでも僅《わず》かに魔力は宿るのだ。

　無論、そんな僅かでは魔法を使う事は不可能だが。

「でも、アハトの魔力は完全に0だ。俺《おれ》が全力で探《さぐ》ってみたが、微塵《みじん》も感じられない」

「どういうこと？　アハトが……ミアにそっくりなのと関係している？」

　ひょこりと、首をかしげてくるブラン。

　答えは一つだ。

「人工生命体……ホムンクルス、じゃないかな？　回復魔法の勉強をしている時に、そういう症例《しょうれい》のホムンクルスが居るって、読んだ気がするんだ」

　と、ジークが言うよりも先に、聞こえてくるのはユウナの声だ。

　ブランは再び首をかしげた後、そんな彼女へと言う。

「ん……ホムンクルスは魔力を持っていない？」

「そんなことはないよ。むしろ、ホムンクルスは人間より優《すぐ》れた力を持っていることが多いと思う——そういう風に、作られた存在だから」

「？？？」

「えっと、あたしも詳しくは知らないんだけどね。その……」

と、ジークの方を見てくるユウナ。

きっと、自信がないに違《ちが》いない。

故にジークはそんなユウナへと言う。

「今のところ説明はあってる、そのまま教えてあげてくれ」

「う、うん！」

と、嬉しそうな様子のユウナ。

彼女はそのままブランへと言葉を続ける。

「それでね。ホムンクルスは作るのが、とっても難しいの——素材の鮮度《せんど》が少しでも低いと、たいていがろくな結果にならない」

「っ！」

と、ピコンと何かをひらめいた様子のブラン。

彼女はジトっとした瞳《ひとみ》を、どことなくドヤっとさせながら、ユウナへと言う。

「アハトは『ミアの身体の一部を素材に作られたホムンクルス』。でも、素材の鮮度がよくなかった。だから作るのに失敗して……ん、魔力を失った？」

「あたしは本物の勇者ミアを見たことがないから、断言はできないけど。もし本当にアハトさんが、勇者ミアにそっくりならその可能性が高いと思う」

「そっくり……特に声。でも……性格はこんなんじゃなかった」

「え、えっと……」

いくら何でも、そこまでは知らない様子のユウナ。

故《ゆえ》にジークはブランへと言う。

「性格に関しては当然だ。いくら勇者ミアの身体を使ってホムンクルスを作ったとしても、魂《たましい》は再現できないからな」

「ん……じゃあ、アハトとミアは別人？」

「身体的な情報は似てるだろうが、中身は別人と言ってもいい」

とはいえアハトは、ミア本人の身体の一部を使ったホムンクルスの可能性が高い。

人を素材にしたホムンクルスは、素材にされた人の記憶が流れ込む事があると聞く。

（別人なのは確かだが、ふとしたきっかけで『ミアの記憶』を取得する可能性はある）

アハトの剣技の冴《さ》えなどがいい例だ。

あれはアハトの努力と、身体からの『ミアの記憶《きおく》の流入』の相乗に違いな――。

「ようやく見つけた！　いや、悪かったねキミたち！」

　と、ジークの思考を断ち切るように聞こえてくるのは、気持ちのいい男の声。

　ジークが振《ふ》り返ると、そこに居たのは。

「やぁ！　アハトに勝ったようですね――その強さ、キミが噂の魔王様《まおう》かな？」

　知性的な片眼鏡《かためがね》と、錬金術師《れんきんじゅつし》ぜんとした服装が目立つザ・好青年といった茶髪《ちゃぱつ》の男。

　けれど、ジークにはそれがどうしようもなく、うさん臭《くさ》く見えた。

（周囲に冒険者《ぼうけんしゃ》が居るところを見ると、こいつがこの街の冒険者ギルドのトップ――ミアの血族である勇者か？）

　なんにせよ、とりあえず。

「ユウナ、ブラン。アハトを頼む」

「う、うん！　出来るだけ、回復させておくね！」

「ん……任された！」

　と、順に言ってくれる二人に、ジークはアハトを預ける。

　そして――。

「わかりますよ！　あの好青年仮面うさんくさキッドをぶっ殺すんですよね⁉　だってあれ、絶対に敵ですもんね！　顔がなんかムカつきますし、余裕《よゆう》って感じで！」

しゅっしゅっしゅっ！

と、ファイティングポーズを取っているアイリス。

ジークはそんな彼女へと言う。

「アイリス。俺は少し、あいつと話してみたい」

「ま、まさかそれはつまり……」

「悪いけど、下がっていてくれ。というか、ブランとユウナを護衛してくれ」

「え～～～！　せっかく活躍《かつやく》できると思いましたのに。うぅ……わかりましたよ！　ちゃんと夜、構ってくださいね！　約束通りベッドでですからね！」

「あぁ、わかってる」

ん、あれ。

今アイリス、『約束』に変な事を付け足していなかったか。

しまった、うっかり同意してしまった。

まぁいい、落ち着け……今は目の前の事に集中だ。

ジークはそんな事を考えた後、勇者と思わしき好青年の前へと歩いて行く。

すると、彼《かれ》はジークへと言ってくる。

「挨拶《あいさつ》が遅《おく》れましたね。僕《ぼく》の名前はミハエル――ミハエル・ジ・アルケミー十二世です。この街の冒険者ギルドの長、そして当然ながら勇者でもある」

「さっきの口ぶりからして、知っているだろうが。俺はジーク――五百年の眠《ねむ》りから覚めた魔王だ」

「光栄だよ、ジークくん！　キミの活躍は、この街にまで届いている！」

「俺を知っているってことは、俺達《たち》にも用があって来たのか？　まぁいい……俺もお前に用がある」

「僕としてはもう少し、キミと世間話をしたいんですけどね」

「俺はごめんだ――本題以外話すつもりはない。これからアハトをしっかり治療《ちりょう》するところだからな」

「それですよ、それ！」

パンッと手を叩《たた》き、ジークを指さしてくるミハエル。

動作の一つ一つは好青年だが、なんだかイラッとする男だ。

ジークがそんな事を考えている間にも、ミハエルは彼へと言葉を続けてくる。

「本題の前に、勇者である僕の傑作《けっさく》――アハトは強かったかな？」

「そうだな……真の勇者であるミアに、匹敵するレベルの剣技だった。もっとも、力と気迫は共にまだまだだが」

「そうだろう！　欠陥《けっかん》はあるとはいえ、彼女は僕の最高傑作なんだ！　残っていたミアの細胞《さいぼう》から作り出したホムンクルス――何度も何度も失敗を重ね、ようやく形になった八番目の個体！」

「やはりミアの細胞を素材に使った、か。道理でミアに似ているわけだ」

まったく不愉快《ふゆかい》な話だ。

うっかり、この世界ごと滅《ほろ》ぼしそうな怒《いか》りを感じてしまう。

なんせ……。

「お前、ミアの死体に何をした？」

「何が気になっているのか、知りませんけど」

と、言ってくるミハエル。

彼はからからと笑いながら、ジークへと言葉を続けてくる。

「僕は特に何もしていませんよ。ミアは死んだあと――過去の人間達によって、サンプルとして切り分けられた。僕は僕の一族が持っていた、そのサンプルを使ったまでです」

「……ミアに対して、申し訳ない気持ちはなかったのか？」

「申し訳ない？　あははっ！　むしろ感謝してほしいくらいですよ！　将来の糧《かて》になれるんですよ？　魔王と戦って、無駄死《むだじ》にしたロートルが！」

「……………」

もはや、何も言うまい。

何か言ってしまえば、同時に怒りも我慢できそうにない。

ジークは確信した。ミハエルとまともな会話を交わすのは不可能だ。

ミアに対する思いが……価値観が違い過ぎる。

「それにしても、興味深い事を聞きましたね！　勇者ミアの顔や体つきは、アハトの様な感じなのか……なるほど」

と──、ジークの思考を断《た》ち切る様に聞こえてくるのは、ミハエルの声。

彼はジークの背後に目を凝《こ》らしている様子。

きっと、アハトを見ているに違いない。

別に所有欲というわけではないが、ジークには何故かそれが不快だった。

（意図せずして、俺が聞きたいことの一つはミハエルから聞けた）

あとは勇者の試練についてだ。

しかし、ミハエルはどう見ても、ここで素直《すなお》に話すような男には見えない。

それに、ジークにはアハトを休ませたい思いもある。

となれば――。

と、ジークはミハエルへと言う。

「それでどうしてここに来た？　用がないなら俺の前から失《う》せろ。俺は優先すべき用事が出来た」

「アハトを僕に返してくれな――」

「断る」

「あはははは っ！　ずいぶんと即断《そくだん》ですねぇ……理由を聞いてもいいですか？」

「自分で気がついてないのか、お前――そうとう臭いぞ？」

「どういう事です？」

と、口だけで笑っているミハエル。

きっと、本人も気がついているに違いない。

（やれやれ、やっぱりこいつはユウナの気持ちを裏切ったか）

考えた後。

ジークはミハエルへと言葉を続ける。

「今まで何人殺した？　お前からは凄まじい血の臭《にお》いが漂《ただよ》っている。それと俺達に向けてるその殺意……気がつかないと思ったか？」

「嫌《いや》だなぁ！　勘違いですよ！　僕は勇者であり錬金術師でもありますからね！　医者の様な事をしているんですけど……勇者である僕の糧になるなら幸せ――」

「うだうだうるさい」

「………………」

「アハトを返して欲《ほ》しいんだろ？　だったらかかってこい。俺が負けたらアハトを返そう――その代わり、俺が勝ったらミアに関する研究資料を全《すべ》てよこせ」

「やれやれ、手持ちが揃《そろ》ってない状態で、戦いたくないんですけどね」

と、盛大なため息をつくミハエル。

次の瞬間《しゅんかん》。

「やるからには、勝たせてもらいますよ……ジークくん」

聞こえてくるミハエルの声。

同時、彼はジークに向け、なんらかの液が入った試験管を投げてくる。

それはジークに近づいた途端《とたん》。
パリンッ。と、ひとりでに割れる。
その直後。

割れた試験管を中心に、巻き起こるのは爆炎《ばくえん》。
ジークですら思わず、顔の前に手をやるほどの爆風《ばくふう》。

その規模は、周囲の建物を破壊《はかい》するだけでは止まらない。
ミハエルの傍《そば》に居た冒険者達《ぼうけんしゃたち》は、爆風の熱で瞬時に消え失せ。
周囲の地面は爆心地《ばくしんち》を中心に、溶《と》けていっている。
離《はな》れた場所にいるブランが、必死な顔で氷壁《ひょうへき》を張って防御《ぼうぎょ》をするレベル。
それどころか。
（これは……俺の身体が燃えている？）
それはつまり、ジークが常に纏《まと》っている障壁を、突破したということだ。
いくら威力《いりょく》があろうと、それはありえない。
何か仕掛《しか》けがあるに違いない。

それに、爆風をもろに受けたミハエルが、無傷というのもおかしい。

ジークはそんな事を考えた後、ぱっと体を払《はら》う。

すると、すぐさま消える炎。

「驚きましたね……勇者である僕の攻撃《こうげき》を受けて、まさか無傷とは」

と、聞こえてくるのはミハエルの声。

彼は余裕といった様子で、ジークへと言葉を続けてくる。

「さすがは魔王……エミールくんを倒《たお》したのは、伊達《だて》じゃないってわけですね」

「エミールの友達か？　安心しろ、すぐに会わせてやる」

「あははは っ！　友達なんかじゃないですよ、あんな奴《やつ》！　ほら、彼はあれだろ？　誰《だれ》が本当の天才か理解していないじゃないですか！」

「本当の天才は『自分』だと言いたいのか？　さっきまでの好青年ぶりはどうした——さっそくボロが出てきてるぞ」

「そうですね、そうかもしれない……じゃあ、目撃者《もくげきしゃ》を殺すっていうのはどうですか？」

言って、服のポケットに両手をつっこむミハエル。

彼はバックステップでジークから離れると。

「一撃で駄目《だめ》なら、何度もやるまで——常識ですよね？」

と、ミハエルは両手をポケットから引き抜《ぬ》く。

その手に握られているのは、無数の試験管。

彼はニヤリと笑いながら、大量のそれを一度にジークへと放《ほう》り投《な》げてくる。

（っ……こいつ、バカなのか⁉）

先ほどの試験管一つで、あの威力なのだ。

これほどの試験管を使えば、周囲一帯が吹《ふ》っ飛びかねない。

（となると、剣《けん》で撃《う》ち落とすのは得策じゃないか）

仕方がない。

と、ジークはため息一つついた後。


「下位闇魔法《やみまほう》《ヴォイド》」


瞬間。

空中を舞っていた無数の試験管。

それらそれぞれの周囲を、闇の球体が覆《おお》っていく。

「不用意に触《ふ》れて爆発《ばくはつ》させるのが嫌なら、どうすればいいか……これがその答えだ」

言って、ジークが左手を握り締《し》めたのと同時。

闇の球体はどんどん凝縮《ぎょうしゅく》していき、やがて消えてしまう。

そして、その後に残ったのは。

「な――っ！　僕の錬金の秘薬が……全部消えただと⁉」

と、驚いた様子のミハエル。

けれど正直、ジークも驚いたことがある。

故に、ジークは素直に称賛《しょうさん》の意味を込めて彼へと言う。

「お前の攻撃を防いでいる間、考えてみたんだが」

「そ、それは、何をですか？」

「お前、自分の身体に溶かした《ヒヒイロカネ》を流しているな？」

「っ！」

「その反応から見るに、図星ってところか」

ジークが違和感《いわかん》を持ったのは三つ。

まずはミハエルが作った錬金の秘薬――あの試験管の破壊力《はかいりょく》だ。

あれは威力が高すぎた。

相性《あいしょう》の問題もあるが、ブランなら直撃《ちょくげき》でやられていたに違いない。

さらに、爆風を受けてもビクともしないミハエルの肉体強度。

どう考えても、勇者とはいえ人間の領域を超《こ》えている。

そして、決定的だったのが。


「俺の障壁を破れるのは、《ヒヒイロカネ》で作られた武器だけだ……ただ、例外もある。それに気がついたのは、素直に褒《ほ》めてやるよ」

「光栄ですね、ジークくん」

と、口元をひくひくさせているミハエル。

平静を装っているが、完封《かんぷう》されたのが悔《くや》しいに違いない。

ジークは確認《かくにん》の意味を込めて、そんなミハエルに言う。

「《ヒヒイロカネ》が混ざった自分の血を、錬金の素材に使っているな？　だから、あそこまで威力が出た……そして、当然俺の障壁も突破できたわけだ」

「悔しいけど、正解ですよ」

「で、どうする？　まだ続けるのか？」

「そうですね……やはり手持ちが少ない状態で戦うのは、僕が不利みたいです」

「負《ま》け惜《お》しみか？　準備が整っていれば、俺に勝てる……そう言っている様に聞こえるぞ？」

「あははははっ！　まったく、キミという人はっ！」

と、お腹《なか》を押《お》さえ苦しそうな様子のミハエル。

次の瞬間、彼はぱちんっと指をならし——。


「ええ……そう言っているんですよ、僕は勇者ですからね」


直後、上空から感じたのは、ジークでも無視できない程《ほど》の圧倒的《あっとうてき》な魔力《まりょく》。

レベルで言うならば、五百年前のジークの配下——その幹部クラスに匹敵《ひってき》している。

見上げればそこに居たのは。

（なんだあれは？　五つ首の……竜《りゅう》？）

と、ジークがそんな事を考えていると。

「どうだいジークくん！　これこそが僕の奥《おく》の手《て》！　最強にして至高、戦闘力のみ特化させた人造竜——タイラントだ！」

そんな事を言ってくるミハエル。

彼は自慢気《じまんげ》な様子でジークへと言葉を続けてくる。

「現代まで生き残っていた五匹《ひき》の伝説の魔竜《まりゅう》――数多《あまた》の国を滅ぼし、山を、湖を消失させた災禍《さいか》！　奴等を倒し、従え、錬金術《れんきんじゅつ》によって合成させたキメラがこれだ！」

「ほう、そんな奴等を倒せるとは、中々やるじゃないか」

「力が欲しかったからね。勇者である僕の威光《いこう》を知らしめ、人々を屈服《くっぷく》させる力が」

「勇者なら『人を救いたくて魔竜を倒した』くらい言えばどうだ？」

「勇者だからこそだよ！　勇者である僕が力を持たないでどうする？　人々はバカだからね……力を盾《たて》に無理矢理《むりやり》誘拐《ゆうかい》しないと、僕の実験のサンプルになってくれないんだ」

「もう好青年の仮面はなしか。しかも堂々とその発言、クソだな……もういい」

確信した。

こいつはただの外道《げどう》だ。

存在の全てを以《もっ》て、ミアを冒涜《ぼうとく》している。

そして、ジークはミアを冒涜する奴を許しはしない。

「お前はここで倒す」

「さっきも言っただろう？　僕はキミと戦う準備が整っていない」

と、へらへらした様子のミハエル。

彼はそのまま、ジークへと言葉を続けてくる。

「だから、今は逃《に》げさせてもらいますよ——それまで、アハトはキミに預けておきます」

「逃がすと思うか？」

「キミは逃がすとも……僕には逃げられる力があるからね」

「意味が分からないな。そこまで自信があるなら、今すぐ試《ため》して——」

「意味を教えてあげますよ、ジークくん。つまり、こういう事です」

言って、再び指を鳴らすミハエル。

その直後、まるでアハトを狙《ねら》った様に。

ブラン、アイリス、そしてユウナの頭上目がけ。

人造竜タイラント。

その五つの口から、凄《すさ》まじい魔力を孕《はら》んだブレスが放たれる。

「っ！」

想定を遥《はる》かに超えた魔力。

いくら何でもあれはまずい。

あんな魔力の塊《かたまり》をくらえば、ブランもアイリスも、ユウナも――欠片《かけら》も残さず消える。

というか、あんなものをまともに防げるのは、ジークしかいないに違いない。

「あははははははっ！　どうですか⁉　かつて世界を焼いた魔竜のブレスは⁉　彼等が融《ゆう》合《ごう》したタイラントのブレスは、もはや余波だけで世界を焼く！」

なにやらほざいているミハエル。

けれど、今はミハエルに構っている場合ではない。

彼はすぐさま、ユウナ達の下《もと》へと駆《か》け寄る……そして。

「お前達、なるべく俺から離れるな！」

言って、ジークは両手の平に魔力を集中させ、その手を頭上へとあげる。

その直後。

ジークに襲《おそ》い来る魔力の奔流《ほんりゅう》。

タイラントから放たれた、世界を消滅《しょうめつ》させかねないブレス。

きっと、タイラントにも《ヒヒイロカネ》が流れているに違いない。

ジークの障壁を容易《たやす》く引き裂《さ》き、彼を押しつぶそうとしてくる。

（っ……なるほど、ミハエルが自信満々だったわけだ）

などと、考えた後。

ジークが周囲に視線を向けると――。


地面は焼け溶け。

空気は熱に歪《ゆが》み。

形ある物は、次々と消滅していく。


無論、タイラントによるブレスの影響《えいきょう》だ。

ジークがブレスを抑《おさ》えていて、それでもなおこの威力。

仮に抑えなければ、アルスは瞬時《しゅんじ》に消滅していたに違いない。

（いや、アルスだけで収まるならまだいいか。下手したら地形ごと変わるな、これ）

威力だけなら、エミールがジークとの決戦の際に放った上位光魔法《まほう》《ゾディアック・レイ》に――五百年前にミアが最後に放った、奥の手でもあるそれに匹敵している。

とはいえ。

「じ、ジークくん！」

「ま、魔王様！　これヤバい奴ですよ！　当たったらヤバい奴ですよね⁉」

「ん……たしかに当たったらまずい」

と、ジークに心配そうな表情を向けてくるユウナ、アイリス、ブランの三人。
彼女達《かのじょたち》のためにも、負ける気は毛頭ないが。
などなど、ジークはそんな事を考えた後、両手に魔力をさらに集中させていく。
ここからは根競《こんくら》べだ。
(俺が先に潰《つぶ》れるか、タイラントとやらが先に潰れるか……もっとも)
ミアクラスの力をたかが人造竜が、長い間出し続けられるわけがない。
ジークがそんな事を考えた、まさにその直後。
「っ！」
僅かにタイラントのブレスが弱まるのを感じる。
狙うならばここしかない。
ジークは左手に力を集中――片手でブレスを抑え、空いた右手で抜剣。
それに魔力を乗せて――。

斬ッ！

遥か上空のタイラントへと斬撃を飛ばす。

それはタイラントのブレスを切り裂きながら凄まじい速度で進み……やがて。

「～～～～～～～～～～～～～～～～～～～～～～～～～ッ！」

聞こえてくるタイラントの咆哮《ほうこう》。

ジークの斬撃が、タイラントの片翼《かたよく》を断ち切ったのだ。

結果、タイラントはバランスを失ったに違いない。

奴はくるくると、どこかへと落下していく。


それを見届けた後、ジークは先ほどまでミハエルが立っていた場所を見る。

「こっちは逃がす気はなかったんだけどな」

どうやらミハエルは、《ヒヒイロカネ》を流しているだけあり、身体能力も高いに違いない。

彼の逃げ足はこれまで出会ってきた中でも、トップレベルだ。

（まぁ過ぎたことはいい。とりあえずは、アハトの治療が先だ）

などなど、ジークがそんな事を考えていると。

「びえ～ん！　魔王さまぁ～～～！　アイリス、あのブレスが怖《こわ》かったですよ～～！」

言って、ジークに抱《だ》き着いて来るのはアイリスだ。

彼女は頬《ほお》をすりすり、ジークへと言葉を続けてくる。

「このアイリス、もうダメだ！　死んじゃうんだ！　って思ったら、もう泣きそうで……心細くて……慰《なぐさ》めてくださいー～～～！」

「そんなに怖かったのか？　だとしたら悪かったな、もっと早く処理できれば――」

「まおう様……騙《だま》されてる」

と、ジークの言葉を断ち切るように言ってくるのはブランだ。

彼女はジトっとした様子で、アイリスへと言う。

「ブラン見てた……まおう様が守ってくれてる時、アイリスあくびしてた」

「なっ⁉　し、失敬な！　そんな事してませんよ！」

「ん……絶対にしてた。まおう様が絶対に助けてくれる確信があるから、余裕……そんな表情であくびしてた」

「し、してませんてば！　魔王様を応援《おうえん》しながら、迫《せま》る危機に身を震《ふる》わせていましたよ！」

「ブランの目はごまかせない」

「いいえ、ブランの目は節穴ですよ！」

わーわー。

きゃーきゃー。

と、騒《さわ》ぎ出すブランとアイリス。

これは経験上あれだ——放置した方がいいに違いない。

ジークはそんな事を考えた後、ユウナの方へ歩いて行く。


そして、ジークはユウナへと言う。

「ユウナは怖くなかったか？」

「ん～、あんまり！　ジークくんが絶対に何とかしてくれるって思ってたから……ま、まぁすごく焦《あせ》ったけどね」

「怖くなかったなら、よかったよ。それで——」

「アハトさんだよね？　ホムンクルスだからだと思うけど、うまく回復魔法が作用しないみたい。休める場所で、しっかり寝《ね》かせてあげた方がいいかも」

「ホムンクルスは人間と身体の作りが違うから、そんな気はしていたが……やっぱりか。となると」

宿屋はミハエルが、ちょっかいをかけてくる可能性がある。

となれば、ジーク達が目指すのは。

「近くの廃屋《はいおく》を探そう」

第二章　アハトの事情

時はミハエルとの一件から数十分後。

場所は変わらずアルスの街。

「いやぁ、よかったですね！　休むのにいい感じの廃屋が見つかって！」

「ん……家具が丸々一式、全部そろってる。それにこの廃屋……宿屋みたいに綺麗《きれい》」

聞こえてくるのは、アイリスとブランの声だ。

そんな彼女達は、順に言葉を続ける。

「でも、どうしてこの廃屋って、こんなに綺麗なんですかね？　今いる子供部屋もベッドがあって綺麗ですし、隣《となり》の部屋なんてもう――夫婦《ふうふ》の営みが出来る大きなベッドがありましたよ！」

「ブランもそれは思った……まるで、つい最近まで人が住んでたみたい」

「というか、案外今も住んでたりして！」

「ん……それはない。この家の鍵《かぎ》、壊《こわ》れてた」

ブランの言葉に付け足すならば。

ジークが軽く聞き込みした限り、この家の主は数日間留守にしている。

しかも、その理由が最悪極《きわ》まりなかった。

（通りを歩くミハエルの前を横切ったから、公開処刑《しょけい》――大通りで、回復魔法をかけられながら三日間焼かれて死んだ、か）

しかも、聞いた話によると、焼かれた者の子供に火を付けさせたようだ。

おまけに、最終的にその子供も殺したとの事だが……悪辣《あくらつ》極まりない。

（アルと混じっていなかった頃《ころ》――五百年前の俺《おれ》ですら、そんな事はしなかった）

本当にこの世界はどうなっているのか。

仮にも今を生きる者として、ミアに対して申し訳なくなる。

「…………」

なんにせよ、今はアハトだ。

と、ジークは視線を部屋の中にあるベッドへと向ける。

するとそこでは――。

「うーん。やっぱり効き目が……」

と、ベッドの隣の椅子《いす》に座《すわ》るユウナ。

彼女《かのじょ》はベッドで眠るアハトに、回復魔法をかけ続けている。

ジークはそんな彼女へと言う。

「もうずっと、アハトに回復魔法をかけてるけど、そろそろ俺が代わろうか？　ユウナには《隷属《れいぞく》の証》を刻んでいるから、俺も回復魔法は使えるからな」

「あ、そっか。《隷属の剣》で《隷属の証》を刻まれると——刻まれた人の魔法とかって、刻んだ人も使えるようになるんだっけ？」

「あぁ、だから少し休まないか？」

「ありがとう、ジークくん。でもまだ大丈夫《だいじょうぶ》！　それにジークくんだって、たまには休まないと！」

「いや、俺はまったく疲《つか》れてなんて——」

「また強がって！　さっきだって竜のすっごい攻撃から、あたし達を守ってくれたばかりでしょ？」

「まぁ、そうだな。たしかにあの竜の攻撃は、威力だけなら『すっごい攻撃』だったかもな。とはいえ、あの攻撃はまだまだ甘《あま》い。もし俺があの竜だったら――」

「とにかく、あたしに任せて！　それともやっぱり、あたしの回復魔法じゃ心細い、かな？」

と、途端に不安そうな表情をしてくるユウナ。

きっと、アハトが中々回復しない事を気にしているに違《ちが》いない。

故《ゆえ》に、ジークはユウナの頭を撫《な》でながら、彼女へと言う。

「少し前の話にもでたが、そもそもホムンクルスに回復魔法は効きづらい傾向《けいこう》にある。蘇《そ》生《せい》レベルになってくれば話は違うが――『傷の回復』程度の魔法なら、俺がやってもユウナがやってもたいして変わらないよ」

「え、えっと……つまり？」

「ユウナは回復魔法の使い手として、十分以上の領域にある。もっと自信を持って大丈夫ってことだ」

「ジークくん……うん、ありがとう！」

パッと元気な笑顔《えがお》を見せてくれるユウナ。

無論、ジークの言葉はお世辞でもなんでもない。

などなど、そんな事を一人考えたり。

アハトが起きるまで、みんなで雑談すること十数分。

「あ～もう、飽《あ》きましたよ！」

と、ぷくぅ～っと頬を膨《ふく》らませながら言ってくるのは、アイリスさんだ。

彼女は落ち着かない様子で、ジークへと言ってくる。

「だいたい、なんでこのミアもどきの話を聞かないといけないんですか⁉」

「ミアもどきじゃない。アハトだ」

「アハトですよ、アハト！　そのアハトちゃんが起きるのを待たないで、魔王《まおう》様がば～～っと行って、あのミサイルでしたっけ？　あの勇者（草）をぶっとばしちゃえばいいじゃないですか！」

「ミサイルじゃなくて、ミハエルだ」

「そう、ミハエルです！　ミハエルをぶっ飛ばして、ミハエルの拠点《きょてん》を漁《あさ》りまくって――それでミアの研究資料を強奪《ごうだつ》すれば、それでザ・エンドですよ！」

ジ・エンドな。

と、ジークは言いかけるが、もうこの辺はスルーしよう。

いちいち突っ込んで居たら、一生話がすすまない。

ジークはそんな事を考えた後、アイリスへと言葉を続ける。

「動くならこの街の状況《じょうきょう》を、しっかりと把握《はあく》してから動きたい」

「把握しなくても、魔王様なら楽勝じゃないですか？」

「把握しないと見えてこない情報もある。まぁありえないが、例えば『実はミハエルが操《あやつ》られているだけの善人でした』って場合——殺してからじゃ遅《おそ》いだろ？」

「うっ……それは、まぁ」

「けどまぁ、それは建前だ。本当の理由は——」

と、ジークは未《いま》だ眠《ねむ》っているアハトを見る。

そしてそのまま、彼《かれ》はアイリスへと言葉を続ける。

「アハトとミハエルは、因縁《いんねん》がありそうだったからな」

「ですけど……そうするとなんで、ばばっと魔王様が動かない理由になるんですか？」

「因縁の相手が、寝ている間に消えてました……ってなったら、アイリスならどう思う？」

「そんなの決まってますよ！　やった〜〜♪　楽ができてラッキ〜〜〜ってなりますね♪」

「お前に聞いた俺がバカだった……」

「え、何でですか⁉」

「いや、普通《ふつう》残念がるだろ！　自分の目の前で、相手が潰れるところを見てみたいって、そう思うだろ！」

「え～、魔王様だけですよ！　でも、まぁわかりました！」

言って、手を叩《たた》くアイリス。

彼女はにこっと微笑《ほほえ》みながら、ジークへと言ってくる。

「だったら、アハトが目を覚ますまでの間——もっと実りある会話をしましょうよ！」

「別にいいけど、具体的に言うとそれってどんなだ？」

「ミサイルと魔王様の戦いに決まってるじゃないですか！」

ミハエルだ。

もうダメだ、何回直しても元に戻《もど》る。

ジークがそんな事を考えている間にも、瞳《ひとみ》をきらきらアイリス。

彼女は祈《いの》るようなポーズで、ジークへと言葉を続けてくる。

「まずまず、下位闇魔法《ヴォイド》！　なんですかあれ！　なんなんですかあれ——初めて見た魔法ですよ！」

「あ～あれな、あれはさっき作った」

「なん、だと……!?」

「エミールを倒した時に、上位闇魔法《ディアボロス》を使っただろ？」

「はい、覚えていますとも！　全てを吸い込む究極の魔法ですよね！」

「後から言われて気がついたが、確かにあれは少し危な過ぎた――威力が高すぎると思ってな。だから、簡易版《ディアボロス》を作ってみたんだ」

「そ、それが下位闇魔法《ヴォイド》？」

「あぁ。上位闇魔法《ディアボロス》はなんでも吸い込むから、危険なんだろ？　だったら、吸い込む範囲《はんい》を指定してやればいい」

要するにジークがしたことは簡単だ。


上位闇魔法《ディアボロス》を瞬時に解析《かいせき》。

あの門の中にある『全てを飲みこむ闇』のごく一部だけを、外に取り出したのだ。

それこそがミハエルとの一戦で、試験管の周囲に現れた闇の球体の正体。

「とまぁ。取り出した闇の球体は、俺の魔力でコーティングしているから、なんでもかんでも飲みこむことはないわけだ」

「魔王様……それ」

と、何故《なぜ》かぷるぷる震えているアイリス。

　彼女はしばらくすると、感極《かんきわ》まった様子でジークへと言ってくる。

「どう考えても下位魔法の範疇《はんちゅう》じゃないじゃないですか！　上位魔法ですよ！　いや上位魔法すら超えた何かですよ！」

「そ、そうか？　元からあるものを少し加工して、新しく作ったなんちゃって魔法だぞ？」

「いやいやいや！　普通できませんよ！　上位闇魔法《ディアボロス》の解析なんて――当時、ミアの仲間だった賢者《けんじゃ》がやったとしても、失敗して国ごと飲みこまれるのが落ちですよ！」

「え……そんなにか？」

「そんなにですよ！　あぁもう、さすがです！　さすが魔王様です！　凄まじい難易度な事を戦闘《せんとう》中に！　それも極平然とやってしまうなんて！」

「…………」

　どうやらジーク、気がつかない間にまた危ない事をしていたようだ。

　と、ジークがそんな事を考えている間にも。

「あぁ、感動しすぎて感動の震えが感動で震えが止まらない感動です……っ、ブランもそう思いますよね、ね!?」

　と、超《ちょう》ハイテンションな様子のアイリスさん。

一方、突如《とつじょ》話しかけられたブランはというと……。

「まおう様……すごいっ」


ものっすごく瞳をきらきらさせ、ジークを見つめてきていた。

ぴゅあぴゅあブランさんは、そのままの様子でジークへと言ってくる。

「ブラン……昔は白竜だったけど、今は魔法使《まほうつか》いだからよくわかる」

「一応聞くけど、何がだ？」

「新しい魔法を作るのは、とても難しい……ベースにするのが上位闇魔法《ディアボロス》みたいに、解析に失敗したら国が崩壊《ほうかい》するレベルの魔法じゃなくても……とてもむずかしい」

「そう、なのか？」

「ん……だいたいがベースにした魔法の下位互換《ごかん》になる。そんな下位互換魔法作っても、元の魔法作ったらよくないかってなる……でも、まおう様のは違う」

きらきら。

きらきらきら。

と、相変わらず羨望《せんぼう》といった様子の眼差《まなざ》しを向けてくるブラン。

彼女はそのまま、ジークへと言葉を続けてくる。

「まおう様の下位闇魔法《ヴォイド》は、ベースとなった上位闇魔法《ディアボロス》と明確な住み分けが出来てる」

「それはつまり――『狙った個所《かしょ》だけを闇に消し去れる』って部分か？」

「ん……ブランは改めて確信した。まおう様は闇に愛されている――魔法の真髄《しんずい》をしっかりと理解し、その手に掴《つか》んでいる……魔法使いなら、喉《のど》から手が出るほどに欲《ほ》しい才能」

「…………」

これは、べた褒《ぼ》めだ。

ものすごく嬉《うれ》しいが、ものすごく恥《は》ずかしい。

しかも相手が、普段《ふだん》あんまり喋《しゃべ》らないブランなのがなおさら――。


「おっほんっ！」


と、ジークの思考を断《た》ち切る様に、聞こえてくるのはユウナの声だ。

瞬間《しゅんかん》、ジークは物凄《ものすご》く嫌《いや》な予感がした。

ジークはゆっくりと、視線をユウナの方へやる。

すると、彼女はジークに背を向けながら――アハトを回復させながら彼へと言ってくる。

「アイリスさんとブランさんが言うんだから、きっとジークくんの新魔法はすごいんだと思うよ。実際、あたしも『魔法を作る』なんて、聞いたことないし……でも」

「……で、でも？」

「ジークくんの本当にすごいところは、そこじゃないと思うな！」

「……そ、その心は？」

「ジークくんが本当にすごいのは、どんな時でも優《やさ》しさを忘れない事！　どんな状況でも、他人を気遣《きづか》えるところだよ！」

やはり来た。

ユウナさん、完全にアイリスとブランに対し、焼きもち対抗《たいこう》モードになっている。

ジークには見える――ユウナの背中は今、『ジーク褒め』のやる気で燃えている！

などなど、ジークが考えている間にも、ユウナは彼へと言ってくる。

「まずジークくん。ミハエルさんが爆発する試験管を、たくさん投げた時さ。剣《けん》で全部叩き落とさなかったよね？」

「あ、あぁ。爆風《ばくふう》が俺のところまで届くと思ったからな」

「ふっふ～ん！　ジークくん、今嘘《うそ》ついたでしょ！」

「うぐっ……」

「本当はあたし達《たち》が爆風に巻き込まれないか、それを心配してくれたんだよね？」

「そ、それは当然だろ？　仲間を守るのは初歩の初歩――」

「あとあと、本当は周囲の住民を守りたかったんだよね？」

「…………」

ジークは思わず声が出なくなってしまう。

ユウナさんの怒涛《どとう》の連撃、凄まじい威力《いりょく》だ。

しかし、彼女の言葉は止まってくれない――ユウナは更《さら》にジークへと言ってくる。

「あのまま試験管が全部爆発したら、きっと周囲の家も爆発に巻き込まれてた。でも、家の中には避難《ひなん》した人達が居た……だから、ジークくんは下位闇魔法《やみまほう》《ヴォイド》？　で、わざわざ試験管を消滅させたんだよね？」

「残念だけど、そこまで考えてないよ。俺が思ったのは、お前達が巻き込まれたら困るってところまでだ」

「そっか、さすがジークくんだね！」

意味が分からない。

ユウナは背後からでもわかる程に、嬉しそうな様子だ。

いったいどうして、そうなるのか。

「ジークくんはさ、きっと無意識に行動したんだよ」

と、言ってくるユウナ。

彼女は優し気な口調で、ジークへと言葉を続けてくる。

「特に何も考えてない時でも、身体《からだ》を勝手に動かせる人なんだよ――人を助ける為《ため》に、常に人に優しい選択肢《せんたくし》を取るために」

「俺が、か？　いくらなんでも、俺の事を買いかぶりすぎだよ。俺は――」

「あたしにはわかるよ。ジークくんはとっても優しい人だから。それに、あたしには証拠《しょうこ》だってあるんだよ！」

エッヘンと言った様子のユウナさん。

彼女はよりいっそうアハト回復に気合いを入れた様子で、ジークへと言葉を続けてくる。

「ミハエルさんが最後に、五つ首の竜――人造竜タイラントだっけ？　あれをけしかけてきた時にさ、あたし達を守ってくれたでしょ？」

「だから、仲間を守るのは当然の事で――」

「うん。でもさ、あの時も周りの被害《ひがい》を考えてたよね？」

「うっ……」

「周りの被害を考えないなら、どこかに弾《はじ》き飛ばせばいいだけだもん！　アイリスさんから聞いたよ？　エミールさんから同じような威力の魔法を使われた時は、剣で誰《だれ》も居ないところに弾き飛ばしたって！」

「そ、そんな事もしたような……」

「今回は街中だったから、弾き飛ばしようがなかった。だからジークくんは、周囲の被害を抑えるために、竜のブレスの威力がなくなるまで、その手で受け続けたんだよね？」

不思議だ。

ユウナにこうまで言われると、本当にジークが優しい気がしてくる。

などなど、ジークがそんな事を考えていると。

「ブランさんもそう思うでしょ？　ジークくんが優しいって！」

と、ブランへと声をかけるユウナ。

すると――。

「まおう様……すごいっ」

またも瞳をきらきらさせているブランさん。

ぴゅあすぎる彼女は、そのままの様子でジークへと言ってくる。

「ブラン……いい人間を守ろうとしてるから、今ならわかる！」

「今回も一応聞くけど……何がだ？」

「常に多くの人を助けようと行動するのは……ん、簡単そうに見えて難しい」

「いや、ブランも充分《じゅうぶん》——」

「そんなことない。今回のブラン……終始ユウナ達を守ることしか、考えてなかった……ブレスを受けた時も、ユウナ達の心配ばかりしてた」

「それが当然だよ。ユウナ達は、ブランにとっても大切な仲間なんだから」

「ん……でも、それだけじゃだめ」

と、頭をふるふるさせるブラン。

彼女は反省といった様子で、ジークへと言ってくる。

「ブランはいい竜《りゅう》……まおう様みたいに、無意識にいい人間達を守れる様な選択《せんたく》を取りたい……そんな立派な守護竜になりたい」

「その言い方だと、遠回しに俺が褒《ほ》められているみたいで、恥ずかしいんだけど」

「ん……ブランはまおう様を褒めてる。まおう様はすごい……とても難しい事を、いとも簡単にやってのける」

「っ……」

「五百年前も含《ふく》めて、何年も生きてるブランが保証する……ん、まおう様は偉《えら》い」

言って、なにやらジークに近づいてくるブラン。

彼女は背伸《せの》びして、ジークの頭に手をやり言葉を続けてくる。

「いい子いい子……まおう様は偉い」

「えっと、なんだこれ？」

「なでなで……人間の男の子は、これをされると喜ぶって、アイリスが言ってた」

なでなで。

なでなでなで。

（うん……なんだかとっても恥ずかしいのはわかった。というか、アイリスにはそろそろ本格的に言っておく必要があるな）

ブランに変な知識を与《あた》えちゃいけません！　と。

ジークがそんな事を考えながら、ブランになでなでされていた。

まさにその時。

「ジークくん！　アハトさんが！」

と、聞こえてくるユウナの声——同時。

「う……っ」

と、聞こえてくるのはアハトの声。

見れば、彼女が気怠《けだる》そうな様子で、身体を起こそうとしている。

ジークはブランの頭を一撫でした後、アハトへと近づいていく。

そして、彼はユウナと場所を替《か》わってもらったのち、アハトへと言う。

「まだ回復魔法をかけたいから、横になっていて欲しいんだけどな」

「傷はもう殆《ほとん》ど回復しました。心配の必要はありません」

「傷はともかく、体力の方はまだまだだろ？」

「それは、そうですけど……その、それより」

と、なにやら言いにくそうな様子のアハト。

彼女はしばらくもじもじした後、思い切った様子でジークへと言ってくる。

「今更《いまさら》ですが……っ、申し訳ありませんでした！」

「？……いったい何のことだ」

「ですから、その。よく確認《かくにん》もせずに、おまえに斬《き》りかかってしまった事です」

「あぁ、その事なら気にしてない。俺《おれ》もうっかりとはいえ、お前をバカにした発言をしてしまったからな」

「そういう訳にはいきません！　危《あや》うく、おまえを殺してしまうところでした！」

「それなら、なおさら気にすることはない。お前の剣技だけは確かにミアに迫るものがあるが、それだけで俺を殺せたりしない——百回やっても俺が余裕《よゆう》で勝つよ」

「…………」

ん、あれ。

おかしい。アハトさん、なにやらすごく頬をぴくぴくさせている。

よくわからないが、この話題は早々に変えた方がいいに違いない。

「と、ところで。起きてから、随分《ずいぶん》と態度が軟化《なんか》している気がするけど——何か心境の変化でもあったのか？　お前は俺達《たち》が敵と思ったまま気絶したよな？」

「はい。ですが、こうして治療《ちりょう》をしてくれていたところを見るに、おまえ達が敵だとは到《とう》底《てい》思えません」

と、自らの両手を見下ろしながら、ジークへと言ってくるアハト。

彼女はパッとジークを見てくると、そのまま彼へと言葉を続けてくる。

「ミハエルや、その仲間の冒険者達《ぼうけんしゃたち》もわたしを捕《と》えれば、治療はするでしょう。ですが、そうなった場合——わたしはきっと厳重に拘束《こうそく》されているはずです……それに」

「まだ何かあるのか？」

「薄《う》っすらですがわたしを守るために、ミハエルと戦ってくれたおまえの姿を、わたしは覚えています」

「残念だが、俺はお前を守るためにミハエルと戦ったわけじゃない。お前から話を聞きたくて、ミハエルと戦ったんだ」

「おまえは……なるほど、厄介《やっかい》な性格をしていますね」

と、ほくほくした笑顔を浮《う》かべるアハト。

ジークはそんな彼女へと言う。

「何がおかしい？」

「おまえが戦っている最中、ずっとわたしへの気遣いを感じました……温かくとても安心できるおまえの思いを」

「そ、それはだな……」

「あんな優しい気配を放てる人が、ミハエルの仲間——悪人のはずはありません。わたしはおまえの事を信じていますよ」

「ぐ……っ」

確かにジークは、全力でアハトを気遣った自覚がある。

なんせ、アハトをミハエルの視線にさらしたくなかったレベルだ。

(咄嗟《とっさ》に思ったんだよな――アハトには傷ついて欲しくないって)

理由はわからない。

『クソ勇者をのさばらせている』という――ミアに対する罪悪感から、ミアに似ているアハトを守りたかったのか。

外道《げどう》であるミハエルに付きまとわれているアハト。彼女を純粋《じゅんすい》に守りたいと思ったのか。

それとも、その両方か。

(いずれにしろ、人を守りたいとは……焼きが回ったな俺も)

などなど。

ジークがそんな事を考えていると。

「ジーク、お礼と言ってはアレですが……わたしに何かできることはありますか？」

ひょこりと、首をかしげてくるアハト。

ジーク的には、別に恩着せがましい事を言うつもりはない。

けれど、しいて言うならば。

「聞きたい事がある」

「わたしに答えられる事ならば、どんな事でも」

と、言ってくるアハト。

ジークはそんな彼女へと、言葉を続ける。

「俺が聞きたいことは、大きく分けて二つだ。一つは『この街で何が起きているか』。もう一つは『ミハエルが研究している勇者の資料』について」

「前者にかんしては、聞いていて気持ちの良い話ではありませんが……」

「気にしない。存分に話してくれ……できるなら、お前を取り巻いている事と絡《から》めて、詳《しょう》細《さい》に話して欲しい」

「ええ、構いませんよ。わたしを助けてくれた、おまえの頼《たの》みですから」

と、この街の事を語り始めるアハト。

彼女の言葉をまとめると、だいたいこんな感じだ。


ミハエルは、街や周囲の村から人を誘拐《ゆうかい》。

彼等を地下実験施設《しせつ》の地下牢《ちかろう》に入れ、錬金の秘薬を作るモルモットにしている。

当然、生きて帰ってきた者はいない。

街から逃《に》げようとした者は、捕えられこれまた実験材料にされる。

そして、アハトは六ヶ月前に作られたホムンクルスであり、彼の護衛として作られた。

「当然、当初のわたしは善悪の判断がついていませんでした。だから、ミハエルがやっている事を悪とは、まったく思いませんでした」

と、言ってくるアハト。

彼女は俯《うつむ》きながら、なおもジークへと言葉を続けてくる。

「ですがある時――わたしは見て、聞いてしまったのです。人々が助けを求め、泣いている姿を」

「その時、ミハエルが悪だと気がついたと？」

「少し、違います。わたしは何よりも先に『捕《つか》まっている彼等を助けなければ』と思ったのです」

「…………」

「わたしがホムンクルスだからでしょうか。わたしには命ある者が――日々を清く正しく生きる者達が、とても尊い存在だと思えるのです。そんな尊い者達が、苦しめられていいはずがない」

「…………」

「わたしは彼等を守るためなら、この身が滅《ほろ》びたとしても構わない。たとえどんな敵が立ちふさがろうとも、絶対にそれを打ち破り彼等を守る——その結果、尊い者達が美しく、とても優しい未来を歩めるのなら……犠牲《ぎせい》になったかいがあるじゃないですか」

「そう、か」

アハトはミアから作られているが、あくまで外見と身体能力が似ているだけ。

その性格も思考回路も全くの別物だ——なんせ、魂《たましい》が異なっているのだから。

だがしかし、ジークは思ってしまう。

(今のアハトの表情はミアと——俺と戦っている時のあいつと、同じに見える)

きっと五百年前、ミアはアハトの様な気持ちで戦っていたに違いない。

もしも本当にミアが『人間達が美しい未来を生きられるため』などと、考えて戦っていたとしたら。

(この時代の勇者は、俺が思っている以上に許されない奴等《やつら》ばかりだな。俺に勝った好敵手の願いを、ゴミクズの様に捨て去るとは)

それこそ万死《ばんし》に値する。

特にミハエルだ。

奴は『ミアは将来の糧《かて》になれたと、喜ぶべき』などと述べた。

許せない、許せるわけがない。

（ミハエル、ミハエルか……）

と、ここでジークはふと思い出す事があった。

それは――。

「そういえばミハエルは、街の人に治療をしているとか、自分で言っていたが」

「そうやって誤魔化《ごまか》したり、騙《だま》して誘拐するのはミハエルの常套手段《じょうとうしゅだん》です。連れて来られた者は、先ほど言った実験素材となります――解剖《かいぼう》されたり、良くて未完成の秘薬を飲まされ即死《そくし》、といったところです」

と、よりいっそう険しい表情のアハト。

最初からわかっていたが、やはりミハエルの言動は嘘だった。

これでミハエルに対する憂《うれ》いは、完全に断ち切れた。

というかミアの事を考えていたら、この時代の勇者にイライラしてきた。

ちょうどいいし、ミハエルは早めに潰《つぶ》した方がいいに違いない。

「ところでアハト。どうしてお前は俺と出会った時、ミハエルに追いかけられていたんだ」

「うっ……それは、その」

と、うつむいてしまうアハト。

彼女は言いづらそうな様子で、ジークへと言ってくる。

「先ほど話したミハエルの地下実験施設ですが、とても大きなものでこの街全体に広がっていると言っても過言ではありません」

「街に入った瞬間から感じていた、地下の気配はそれか」

「その通りかと思います。それでその施設には二つの出入り口があるのです――一つはミハエルの城から続く、いわゆる『正式な出入り口』。もう一つは地下下水道から続く『不正な出入り口』」

「後者に関しては、出入り口というより『実験素材を捨てる場所』って感じか」

「そう、なりますね」

と、悔《くや》しそうな様子のアハト。

きっと、ミハエルの所業を思い出し、怒《おこ》っているに違いない。

そんな彼女は、そのままジークへと言葉を続けてくる。

「わたしは『人々を助けなければ』と気がついたのちも、ミハエルに従って働いていたのです」

「話の流れからするに、地下実験施設に捕まっている人達を、確実に逃がすための順路とタイミングを、ミハエルの下で探《さぐ》っていた……って感じか？」

「その通りです。当然、脱出口《だっしゅつこう》は『下水側の出入り口』になります……ですが」

「いざ決行しようとしたところ、逃がそうとしているのが、ミハエル達にバレた？」

「はい……その場で戦闘になってしまったわたしは一人、態勢を立て直して再度突入《とつにゅう》をするため、なんとか街の外まで逃げようとして――」

「俺達に出会った……そして」

「冒険者《ぼうけんしゃ》の服装をしていたので、ミハエルの手先に先回りされたかと思い」

斬りかかってきたと。

ようやく全《すべ》ての点が繋《つな》がった。

あと、わからない事があるとすれば。

「どうしてこのタイミングだったんだ？　俺達がこの街についたのと前後して、お前が脱出を決意……俺達の前にやってくるなんて偶然《ぐうぜん》があるか？」

「それは本当に偶然としか。ですが、しいていうのなら」

と、何か思い至った様子のアハト。

彼女《かのじょ》はジークへと言ってくる。

「ミハエルは『ルコッテの街の勇者』が蘇《よみがえ》った魔王に倒《たお》された事に、とても怯《おび》えていました——次は自分かもしれない。と」

「ミハエルのやつ、なかなかいい勘《かん》をしているな」

「それで、ミハエルは魔王に対する備えとして、研究している秘薬の完成を急ぐ様になったのです——ミハエルは研究室に籠《こも》る様になって、普段見回りをしている冒険者達も、ミハエルの傍《そば》に集められました」

「なるほど。だから最近になって、ミハエル達からお前への警戒《けいかい》が緩《ゆる》んだと……つじつまがあったよ。それで、その錬金の秘薬って言うのは？」

「二つ目の質問にも繋がるのですが、結論から言って詳細はわかりません。勇者ミア関連の秘薬という事は知っていますが、ミハエルは勇者ミア関連の資料を、人に見せようとしませんから」

なるほど、これは当たりかもしれない。

ミハエルがそれを見せないのは、『真の勇者』という存在を知っているからに違《ちが》いない。

それがバレてしまえば、ミハエルが勇者でなくなってしまう。

だからこそ、彼はそれらの研究資料を見せないのだ。

（となると、勇者の試練についての情報も、本当に見つかるかもしれないな）

これは俄然《がぜん》、やる気が出てきた。

などなど、ジークがそんな事を考えていると。


「こちらからも質問をいいですか？」


と、聞こえてくるアハトの声。

彼女はジーク達を順に見た後、再びジークに視線を戻して言ってくる。

「おまえ達が蘇った魔王と、その配下達で間違《まち》《が》いないですか？」

「ほう……知っていたのか？」

「さっきも言った通り、薄っすらと意識はありましたから——彼女達の名前も把握していますよ」

「ん……じゃあ、ブランの名前もわかる？」

と、アハトに言うのはブランだ。

アハトは苦笑《くしょう》しながら、そんな彼女へと言う。

「はい、もちろんです。おまえの名前はブラン——白竜ブランですよね？」

「そう……アハトからいい人間の匂《にお》いがする」

「わたしは人間ではありませんよ？」

「ん……関係ない。アハトはブランが守ってあげる」

「ちょっと！　話からすると、私の名前も勝手に覚えてる感じですか？　ただでさえ嫌《きら》いなミアのそっくりさんに、名前を覚えられるとか『おえぇ』なんですけど！」

と、会話に参加してくるのはアイリスだ。

アハトはそんな彼女へと言う。

「おまえの名前はアイリスですよね？　わたしに名前を覚えられるのは、そんなに不快ですか？」

「うっ……そ、そんなに真剣《しんけん》に受け止めないでくださいよ！」

「ひょっとして、おまえなりの冗談《じょうだん》だったのですか？」

「あ〜もう、知りませんよ！　やりにくいですね！　人間とミアが嫌いなのは、冗談でもなんでもないですよ！　でもまぁ、魔王《まおう》様に対する敬意は感じられるんで、それなりに仲良くはしてあげますよ……魔王様の夫、サキュバスのアイリスです」

と、そっぽを向きながら、アハトに手を差し出すアイリス。

そして、その手を嬉しそうな様子で握《にぎ》るアハト。

正直、一番面倒《めんどう》くさそうなところが、案外すっといってびっくりした。

などなど、ジークがそんな事を考えていると。

「そして……おまえの名前はユウナ」

と、ユウナの方へと視線を向けるアハト。

そんなアハトは優しげな様子で微笑みながら、彼女へと言葉を続ける。

「おまえが、ずっとわたしを回復させてくれていたこと……はっきりと覚えています。本当にありがとう」

「そ、そんなお礼を言われる事じゃないよ！」

「いえ、それほどの事です。おまえのおかげで、わたしはまだ戦える――一刻も早く、捕まっている住民を助けに行けます」

「うぅ……あたしはただ、アハトさんに元気になって欲しかったからで……」

「そうですか。おまえも優しい人間なのですね、ジークと同じで」

「あ、そうだよね！　ジークくんが優しいのわかるよね⁉」

「当然です。あれで魔王とは、とても思えない。むしろ、現代の勇者達こそが魔王……わたしはそう思います」

「わかるわかる！　中には優しい勇者もいるかもしれないけど、きっとジークくんの優しさには、絶対にかなわないよ！」

わいわい。

きゃーきゃー。

と、ジーク優しい談義で盛り上がり始めるアハトとユウナ。

なんだか聞いていると、頭が痛くなってきそうだ。

けれど、ユウナとアハトの様な女性。

（そんな二人から褒められると、悪い気分はしないから不思議だ）

そんな事を考えた後、ジークは二人の会話に耳を傾《かたむ》ける。

そうして、時間にして僅《わず》か数分。

「魔王様！　魔王様ってば！　話、終わりましたよね!?　真面目《まじめ》な話すぎて、すっごく退《たい》屈《くつ》だったんですよ！」

と、なにやらジークに抱《だ》き着いてくるアイリス。

彼女はそのまま、ジークへと言葉を続けてくる。

「それにほら！　後で相手してくれるって、ミハエルと戦う前に言ってくれたじゃないですか！　私、それがずっと楽しみで……もうっ、ずっとそわそわしてたんですよ！」

「そんなにか⁉」

「そんなにですよ！　それに～実は私～、人造竜タイラントの攻撃《こうげき》を受けそうになってから～、怖《こわ》くて怖くて、ムラムラが止まらないんですよ～！」

「いや、どうしてそうなる？」

「あれですよ！　死にかけたんで、本能で子供を残そうとしている的な！」

「いやお前、あくびしてたんだよな？」

「してませんってば！　うぅ……アイリスの心はズタボロです。タイラントに脅《おびや》かされ、ブランに売られ、魔王様に疑われ」

「ブラン……売ってない、本当の事を言っただけ」

と、聞こえてくるブランの声。

アイリスはそんな彼女へと言う。

「売りましたよ！　ブランは嘘つき悪い子ブランですよ！」

「売ってない……ブランはいいブラン」

「もういいですよ！　私はかわいそうなサキュバスなんですよ！　うわぁあああああああ

あんっ！　アイリスは傷心ですよ～～～～！」

と、部屋から出て行ってしまうアイリス。

けれど、そんな彼女は扉《とびら》の向こうから、割と大きな声で。

「魔王様が隣《となり》の部屋に来てくれたら、心の傷が塞《ふさ》がるのにな～～～～！　あ～あ～、魔王様、約束守ってくれないのかなぁ～～！　守ってくれると嬉しいなぁ～～～～！」


と、そんな事を言ってくる。

アイリスが言っていることは、どう考えても嘘だ。

しかし、タイラントの危険にさらしてしまった事は一部事実。

(仕方ない。機嫌《きげん》を損《そこ》ねられても面倒だし、約束の事もある)

今はアイリスに従ってあげた方が、色々といいに違いない。

ジークはそんな事を考えた後、アハトの肩《かた》へと手を置く。

そして、彼《かれ》は彼女へと言うのだった。

「アハト、なんにせよお前は少し身体を休めろ。そうすれば次——お前が地下実験施設の住民を助けに行くとき、俺達も付き合ってやる」

第三章　淫《みだ》らな宴《うたげ》

時は少し後。

場所はアルスの廃屋《はいおく》──アハト達が居るのとは、また別の部屋。

先ほどの子供部屋と違って、夫婦《ふうふ》が使っていたと思われる大きなベッドのある寝室《しんしつ》だ。

「最初に聞いておきたいんだけど、いったいどういうつもりだ？」

「そんなの決まってるじゃないですか♪」

と、ベッドに腰掛《こしか》け、先端《せんたん》ハートの悪魔《あくま》尻尾《しっぽ》をふりふりしているのはアイリスだ。

彼女は楽しそうな様子で、身体を揺《ゆ》らしながらジークへと言ってくる。

「私は魔王様とエッ！　な事がしたいだけですよ！　さっき言った通り、魔王様が約束してくれてから、ずっと楽しみにしていたので！」

「いや、それはわかってる」

「やだも～～～っ！　わかってるのに、女の子の口からこんな事を言わせるなんて……魔王様は本当にいけずですね♪」

「だから、そうじゃない。そもそも、俺《おれ》が聞いている根本が違うんだよ」

「はて……なにか、聞かれる様な意味深な行動をしましたっけ、私？」

ひょこりと首をかしげているアイリス。

どうやら、今回ばかりは本当にわかっていないに違いない。

故《ゆえ》にジークは再度、詳細と共にアイリスへと質問する。

「どうして、あんなにすぐアハトと仲良くする気になったんだ？　人間嫌いのお前が——

それもミアそっくりの顔のやつと」

「あは♪　大人になったんですかね、私！」

「なったとしても、いきなり握手《あくしゅ》するような性格じゃないだろ、お前」

「え〜〜、別にたいした理由じゃないですよ？」

「お前な……五百年前に似たような事言って、敵対国を勝手に落としたあげく——その国王の娘《むすめ》を快楽調教していたことあるだろ。しかも俺に秘密で」

「あぁ、ありましたね！　あの子はとっても可愛《かわい》かったです♪　しまいには、私とのエッチにしか、反応しなくなりましたけど！」

「……………」

あれは事後処理が大変だった。

なんせ当時、ジークは敗戦国に過剰《かじょう》な要求はしない方針でやっていたからだ。

だからジークとしては、アイリスが引き起こす問題の芽は、早々に摘《つ》んでおきたい。

ミハエルに構っている間に、『アハトが快楽奴隷《どれい》になりました』とかでは困る。

そして、アイリスはやりかねない――アハトの顔がミアに似ているという理由だけで。

要するに何が言いたいかというと。

「考えている事を、全部教えろアイリス。隠《かく》し事《ごと》は無しだ」

「むぅ～～嫌《いや》です！」

ぷいっと、珍《めずら》しくも反抗《はんこう》してくるアイリス。

そんな彼女は悪戯《いたずら》な様子の笑《え》みを浮かべ、ジークへと言ってくる。

「どうしても聞きたいなら、聞きだしてみて下さいよ♪」

「なに？」

「あは♪　今日は私、魔王様に責められたい気分なんですよ」

と、挑発的《ちょうはつてき》な様子で悪魔尻尾をふりふりしているアイリス。

彼女は服を脱《ぬ》ぎながら、ジークへと蕩《とろ》けた表情で言ってくる。

「私の事、いっぱい虐《いじ》めて……聞きだしてみてください、魔王様ぁ♪」

「………」

アイリスが言いたいことは理解した。

要するに、尋問《じんもん》形式のプレイがしたいに違いない。

よって、ジークは彼女へと手を翳《かざ》す。

そして——。

「上位精神操作魔法《まほう》《エクス・イケナ・クナール》」

さらに続けて。

「上位精神操作魔法《エクス・カン・ドバイーゾ》」

「なっ⁉ じょ、上位魔法……わ、私に何をする気ですか！」

と、なにやら嬉《うれ》しそうな様子で屈辱的《くつじょくてき》な様子の表情をしているアイリス。

とっても器用だ。

それはともかく、ジークはそんな彼女へと言う。

「お前はサキュバスの中でも、最上位に位置する強さを持っている。並大抵《なみたいてい》の精神操作魔法には耐性《たいせい》があるだろ？」

「そ、そんなの決まってるじゃないですか！」

「だが、魔王である俺が使う上位精神操作魔法には、絶対にあらがえない」

「っ……わ、私に何をしたんですか！」

と、ノリノリな様子でジークを睨《にら》んで来るアイリス。

っていうかこの魔法――アイリスに《隷属《れいぞく》の証》を刻んだから、ジークも使えるのだ。

要するに何をしたも何も、アイリスがわからないわけがない。

しかしここは魔王として、しっかりアイリスが求めるプレイを続行。

「前者の魔法の効果はすぐにわかるよ。それで後者――上位精神操作魔法《エクス・カン・ドバイーゾ》の効果はシンプルだ」

「な、なんですかそれは⁉」

と、なおもジークを睨み付けてくるアイリス。

ジークはそんな彼女へと言う。

「お前の感度を千倍にする魔法だよ――そろそろ効果が出てきたんじゃないか？」

「な――あ、ひぅ⁉」

と、突如《とつじょ》身体を跳《は》ねさせるアイリス。

彼女はそのままベッドに倒れ込むが――。

「あ、いや……これ、んきゅっ⁉」

シーツを掴《つか》んで、身体《からだ》をジタバタさせているアイリス。

今のアイリスは、全身が超敏感《ちようびんかん》な性感帯のようなもの。

空気に触《ふ》れるだけで、絶頂寸前のような快楽が襲《おそ》っているに違いない。

にもかかわらず。

「おいおい。もどかしさから逃げたいんだろうけど、そんなシーツに身体をこすりつけたら、逆効果だぞアイリス？」

「ぁ……い、や――こんな、私……我慢《がまん》できなっ」

と、尻《しり》を突《つ》き出し、身体をぷるぷるシーツを掴んでいるアイリス。

そんな彼女は惨《みじ》めに口と、下の口から涎《よだれ》を垂らしてしまっている。

「は、ぁん……ま、お……様、た、たすけて――から、だ、おかっ――ひぃん⁉」

と、ジークが何もしてないのに、ベッドに再度倒《たお》れるアイリス。

彼女はその衝撃《しようげき》で再び――。

「んぁあああああああああああああああああ⁉」

と、ベッドの上でジタバタし始める。

しかし、今度の彼女はついに理性が吹《ふ》っ飛んだに違いない。

「イケ、な……いっ。こんなに、私こんな……に、なって、るのにっ」

言って、ベッドに身体中を擦《こす》り付けるように動き回るアイリス。

彼女はそのまま片手で胸を、もう片手で下の口を必死といった様子で自慰《じい》し始める。

くちゅっ。

くちゅっ、くちゅっ。

と、室内に響《ひび》き渡《わた》る淫水音《いんすいおん》。

そして、ベッドのシーツはどんどん濡《ぬ》れていく。

「まお、様……、魔王、様ぁ♪」

と、必死といった様子で自慰をしているアイリス。

彼女は尻をジークの方へと高く掲《かか》げ、何度もふりふりしてくる。

そろそろ反省できたに違いない。

「仕方ない淫魔《いんま》だな。最後に、俺自ら罰《ばつ》を与えてやる」

「は、はいぃ……アイ、リスは……どうしようもない、んきゅっ――ぁ、淫魔ですぅ」

と、なおも尻を振《ふ》っているアイリス。

ジークはそんな彼女の方へと近づいていき、両手で一気に尻を掴む。

瞬間《しゅんかん》――。

「んぁあああああああああああああああああああああああああっ！」

と、尻をさらに突き出し、シーツを握りしめるアイリス。

彼女の下の口からは、止まることなく蜜《みつ》が零《こぼ》れだしている……しかし。

「イ、ケない……こんな、に……まお、様……も、う助け——許し、てっ」

と、そんな事を言ってくるアイリス。

要するに、これこそが上位精神操作魔法《エクス・イケナ・クナール》の効果。

その効果は簡単——対象は絶頂する事ができなくなる。

感度千倍のアイリスには、さぞ辛《つら》いに違いない。

ジークはそんな事を考えた後、魔王砲《まおうほう》を取り出す。

「アイリス、これに懲《こ》りたら少しは反省することだな」

「な、にを——っ」

と、何かを言いかけるアイリス。

ジークはそんな彼女の言葉を断《た》ち切り、彼女の大事な場所の下——太ももと秘部の間に出来たトライアングルゾーンへと、魔王砲を挿入《そうにゅう》させる。

「～～～～～～～～～～～～～～～～～～～～～～～～～～～～～～～～っ！」


と、再びシーツを握りしめ、全身を震《ふる》えさせているアイリス。

当然、彼女はまだ達する事が出来ていない。

にもかかわらず、魔王砲は溢《あふ》れだしたアイリスの蜜でびちょびちょだ。

これはいい潤滑油《じゅんかつゆ》になる。

ジークはそんな事を考えた後、前後運動を開始する。

なるべく激しく、アイリスを壊《こわ》すような勢いで――。

パンッ！　パンッ！　パンッ！

「ま、お……様ぁ――あ、アイリス、我慢も、でき――な、いですぅ！」

パンッ！　パンッ！　パンッ！

「は、ぐっ――は、話、聞い――てっ」

パンッ！　パンッ！　パンッ！

「ぁ……ん……んぁっ」

パンパンパンパンパンッ！

と、ジークはどんどん前後運動を速めていく。

一方、どんどん静かになっていくアイリス。

見れば彼女、シーツを握りしめ枕《まくら》に顔を埋《うず》めて、ふるふる震えている。

普段《ふだん》生意気な少女が、こうなっているのを見ていると、何か変なものに目覚めそうだ。

ジークはそんな事を考えた後、よりいっそう強力な一突《ひと》きを叩《たた》き込む。

すると――。

「んきゅっ！」

と、身体を仰《の》け反《ぞ》らせるアイリス。

彼女は「はぁ、はぁ」と息を切らせ、涎を垂らしながらジークへと言ってくる。

「わ、私が悪かった……ですぅ……まお、さまぁ」

「で？」

「は、反省して……ま――んぁ!?　アハト、を油断させ、てっ!?　お、犯《おか》そうとしたの……もう、やめ、ます――だ、だから！　突くのっ、もう――やめっ」

「そうじゃないだろ、アイリス？」

「っ――か、せ……て――さいっ」

「なに？　声が小さくて、何を言っているかわからないぞ！」

言って、ジークはアイリスの尻をバチンッと叩きあげる。

それと同時。

「んぁあああああああああああああああああああっ⁉」

と、身体を揺らし、より一層蜜を溢れださせるアイリス。

彼女は耐《た》え難《がた》い様子で頭をふりふり、ジークへと言ってくる。

「イかせてください！　魔王、様――アイリスを、淫らな魔王様の性奴隷をイかせてください！　お、お願いしますぅ！」

「それでいい」

言って、ジークは最後とばかりに、全力の打ち込みを行う。

直後、周囲に響き渡る肉と肉がぶつかる音、魔王砲から解き放たれるは白濁《はくだく》液。

同時、彼はアイリスにかけた上位精神操作魔法《エクス・イケナ・クナール》を解除。

その瞬間――。

「～～っ！」

シーツを掴み、尻を高く突き上げ、身体を激しく――けれど小刻みに揺らすアイリス。

それがしばらく続いたと思いきや。

「は……へっ」

と、ベッドにうつ伏《ぶ》せに倒れるアイリス。

彼女の下の口から、ぴゅっぴゅっと可愛らしい噴水《ふんすい》が何度も上がるのだった。

きっと、アイリスも満足してくれたに違いない。


時はあれから数分後。

場所は変わらず、先ほどの部屋。

「いやぁ、さすが魔王様ですね！」

と、にこにこ笑顔《えがお》のアイリスさん。

彼女は悪魔尻尾をふりふり、ジークへと言葉を続けてくる。

「もう私の要望通り！　プレイの詳細《しょうさい》から、言動に至るまで……ぜ～～んぶ完璧《かんぺき》でしたよ！　やっぱり、魔王様と私は相性抜群《あいしょうばつぐん》なんですかね⁉」

「あぁ、まぁそうだろうな。俺以外にお前を御《ぎょ》せるとは思えないしな」

「え……それって、エッチ的な意味ですか⁉　やだも～！」

「はぁ……アイリスは本当にいつでも元気だな」

「大好きな魔王様と居るんですから、そんなのあったりまえじゃないですか！　このこの～♪」

と、悪魔尻尾でジークの頬《ほお》を突っついて来るアイリス。

ジークはそんな彼女の尻尾を、ぺしっとやりながら扉へと視線を向ける。

アイリスとしている間、彼には気になっていた事があるのだ。

それは――。

「ブラン、いつまでそこに居るんだ？」


キィ。


と、扉が開く音。

それと同時に入ってきたのは。

「ん……まおう、様」

ブランだ。

けれど、どこかその様子はおかしい。

いつも気怠《けだる》い様子の彼女の表情——それが今では、蕩けた様子で赤く染まっている。

しかも、ブランの右手は股《また》の間に差し込まれ、くいくいと小さく動いている。

「まおう、様……ブラン、なんだか、変」

と、言ってくるブラン。

彼女はぽ～っとした様子で、ジークの方へとやってくる。

そして、彼女はそのまま彼へと言葉を続けてくる。

「ブラン……魔王様と、お話ししたくて……部屋の外で待ってた……そしたら、なんだか身体……お股の奥《おく》がキュンってして、熱くて……ブラン、溶《と》けそう」

「お前、それ……」

「あは♪　簡単じゃないですか！　そんな事もわからないんですか⁉」

と、ジークよりも先に言うのはアイリスだ。

きっと彼女は、今のブランを見てサキュバスの血が騒《さわ》いだに違いない。

彼女は悪魔尻尾でハートマークを作りながら、ブランへと言葉を続ける。

「ブランは——私と魔王様のエッチな音を聞いて、発情しちゃったんですよ！」

「ん……発、情？」

「どうですか、ブラン。私と一緒《いっしょ》に、魔王様の性奴隷への階段、上ってみたくないですか？　とっても幸せで、楽しいですよ？」

「まおう様の……性奴隷。わか、らない……でも、なんだかここがキュンってした」

と、股に挟《はさ》んだ手をもぞもぞさせているブラン。

なんだか、物凄《ものすご》く嫌な予感がする。

などなど、ジークがそんな事を考えている間にも。

アイリスはブランを、ベッドの上へと案内していく。


そうして、気がつけば。

ブランは全裸《ぜんら》で股を大きく開き、ベッドに座《すわ》っていた。

そして、ブランの背後に陣取《じんど》ったアイリス。

彼女はブランが逃《に》げないように、ガッチリホールドしている。

そしてそして——。


「あ、ん……っ。ブランの胸、まおう様に……っ、触《さわ》られて」

と、身体をもどかしそうに揺らすブラン。

現在、ジークはそんな彼女の胸――主にその先端への愛撫《あいぶ》を続けている。

そうして、ジークがブランの先端をきゅっと摘まんだ。

まさにその瞬間。

「んきゅっ⁉」

と、可愛らしく身体を跳ねさせるブラン。・

ジークがこんな事をしている理由は簡単だ。

（『ブランが発情して、辛そうなのは魔王として見逃《みのが》せませんよね⁉』なんて、アイリスに言われてこうしてるが……）

正直、完全にのせられた気がする。

アイリスはサキュバスだ。

絶対に彼女は、ブランのエロいところを見たいだけに違いない。

けれど。

「ん……っ。まお、さまぁ……ぶら、ん……なんだかっ」

と、聞こえてくるのは蕩けた様子のブランの声。

彼女は物欲《ものほ》しそうな様子で、ジークを見てくる。

（ブランもなんだかんだで、楽しんでそうだし……まぁ、これはこれでいいか）

となれば、ジークがするべきことは一つ。

ブランへの攻《せ》めに集中するのみ。

考えた後、ジークはブランの胸への愛撫を続けていく。

時には胸を揉《も》み解《ほぐ》し。

時にはコリコリとした先端を、ダイヤルを回すように弄《いじ》っていく。

すると。

「まお、さまぁ……っ」

と、息荒《あら》く言ってくるブラン。

彼女は涎が垂れそうなほど、口元を緩めてジークへと言葉を続けてくる。

「ジンジンする……胸、ブラン……っ」

「辛いか？」

「ん……でも、これ……好きっ。ぶら、ん……まお、様に……もっとっ、虐めて欲しい」

「あは♪　よく言えましたねブラン！　淫欲《いんよく》に身を任せる発言ができるのは、成長した証です！　サキュバスとして嬉しいですよ——仲間が淫乱《いんらん》になって！」

と、聞こえてくるのはアイリスの声だ。

彼女《かのじょ》はジークに視線を移してくると、彼へと言葉を続けてくる。

「魔王様！　この魔動ローターを授《さず》けましょう！」

「なんだ、これ？」

「女の子のお豆を責めるための、怪《あや》しいおもちゃですよ——振動《しんどう》する！」

「………………」

「ブランの胸攻めは、私が代わるんで！　魔王様はブランのお豆ちゃんを可愛がってあげてください！」

言って、魔動ローターを放って来るアイリス。

ジークがそれを受け取っている間に、彼女は体勢チェンジ。

いつの間にやら、アイリスはブランの背後から、彼女の胸をねっとり弄っていた。

（まぁ、なにはともあれ俺がする事は変わらない）

魔王として、ブランをすっきりさせるのだ。

ジークはそんな事を考えた後、ぶぅううんっと振動する魔動ローターを構える。

そして彼はそれを、ブランのお豆へと近付けていき……。

ピトッ。

「ん……っ！」

ぴゅっと蜜を吹きながら、身体を揺らすブラン。

「あは♪　ブランってば、たったこれだけでイっちゃったんですか？　悪い子ですね……魔王様の配下なら、もっと我慢しないと」

言って、なにやらニヤニヤしているアイリス。

彼女はブランの胸の先端をこりこり、背後からブランを覗《のぞ》き込むように——。

「これは罰ですよ♪」

「ん、むっ⁉」

と、アイリスはブランにキスをする。

きっとアイリス、舌でブランの口内を犯しているに違《ちが》いない。

ブランは驚《おどろ》いた様子の表情で——。

「ん⁉　むぅ……っ！」

と、口をもごもごさせている。

これはジークも負けていられない……なんだか趣旨《しゅし》が違う気がするが。

ジークは魔動ローターに魔力《まりょく》を流す。

それにより、それの振動を強めてやる。

そして、ジークはそんな魔動ローターを使って、ブランの秘部を愛撫していく。

「ん～～っ！　ん……っ！」

ぴくんっ、ぴくんっと可愛らしく身体を揺らすブラン。

ジークは時に、そんな彼女のお豆にローターを当て。

時に彼女の下のお口にローターを咥《くわ》えさせてあげる。

するとその度――。

ぴくんぴくん。

ぴゅっ、ぴゅっ。

と、足を痙攣《けいれん》させ、蜜を吹きだすブラン。

とても敏感《びんかん》なブランを見ていると、なんだか愛らしくなってくる。

「ぷはぁ……んっ」

と、ようやくアイリスのキスから解放されたブラン。

彼女はアイリスに胸の先端を弄《もてあそ》ばれながら、切なそうな様子でジークへと言ってくる。

「まおう、様……ブラン、なんだか……んっ。奥から、熱いのが……来そう……もう、我慢……できない、したく……ない。まお、さまぁ……」

「安心しろ、ブラン。俺がしっかり治してやる」

「はぁ、はぁ……ん、まおう様……ブランの、ことっ、治して」

ジークはそんな彼女に頷《うなず》いた後、魔動ローターにさらに魔力を込める。

するとそれは、一際《ひときわ》激しい音を立てて振動し始める。


ぶぅうううううううううううううううううううんっ！


ジークにはわかる。

これがブランを治すための治療《ちりょう》になると！

そして、彼は魔動ローターを一気に、ブランのお豆へと押《お》し当てる。

一方で、アイリスはジークの動きに合わせ、ブランの胸の先端を摘《つ》まみ上げる。

その瞬間――。


「イ、く……〜〜〜〜〜〜〜〜〜〜〜〜〜〜〜〜〜〜〜っ！」

言って、可愛らしく自らの指をカプリと噛《か》むブラン。

彼女は足の指をきゅっと握《にぎ》りしめ、身体を小刻みに揺らす。

そして、こちらも可愛くぴゅっぴゅっとうれし涙《なみだ》を噴《ふ》き出す下の口。

彼女はしばらく身体を痙攣させたのち、蕩けた様子でジークへと言ってくる。

「ん……まおう、様……ブラン……とっても、気持ちよかった……これで、まおう様の
……立派な性奴隷に、なれ……た？」

「あぁ、そうだなブラン。お前は立派だよ」

「ん……よかった」

言って、微笑《ほほえ》むブラン。

ジークがそんな彼女を撫《な》でようとした……まさにその時。

「ジークくん！　大変！　アハトさんが！」

血相を変えた様子のユウナが、部屋に飛び込んで来るのだった。

第四章　アハトの冒険《ぼうけん》

時は少し戻《もど》り、ジークとアイリス、遅《おく》れてブランが部屋から出て行った頃《ころ》。

場所はアルス——廃屋の一室、ベッドの上。

現在、アハトは身体の動き具合を確かめていた。


(悪くはない……ですね)

無論、万全《ばんぜん》とは言えない。

さらに、ジークの言う通り体力はまだまだ回復していない。

(けれど、この程度回復したなら、もう動くことも……戦う事もできます)

ミハエルから一旦《いったん》身を隠し、身体の回復を図《はか》る事はこれで成功したともいえる。

しかし、そもそもの目的は何一つ達成できていない。

(きっと、地下実験施設《しせつ》では今も、人々が助けを待っています。それにミハエルを倒《たお》し、この街を救わなければ)

急がなければならない。

こうしている間にも、彼等がミハエルの実験に使われてしまうかもしれない。

そんな事は絶対にさせられない。


「それでね、その時にジークくんってば……アハトさん？」


と、ふいに聞こえてくるのはユウナの声。

アハトはそんな彼女へと言う。

「す、すみません。少し考え事を、ぼーっとしてしまっていました」

「ひょっとして、まだ怪我《けが》が痛む？」

「いえ、怪我は本当に大丈夫《だいじょうぶ》ですよ。今もこうして、おまえが回復魔法を使ってくれているおかげです」

「それならよかったよ！」

ぱっと嬉しそうな様子の表情をするユウナ。

ユウナは本当にいい少女だ――冒険者《ぼうけんしゃ》とは思えないほどに、まっすぐな瞳《ひとみ》を持っている。

（だからこそ……というのも、ありますね）

アハトは先ほどから考えていたのだ。

それはジークが、この部屋を出て行くときに言った言葉について。

すなわち——。

『アハト、なんにせよお前は少し身体《からだ》を休めろ。そうすれば次——お前が地下実験施設の住民を助けに行くとき、俺達《おれたち》も付き合ってやる』

任せられるわけがない。

当然、ジーク達の力を軽視しているわけではない。

ジーク達の力を借りれば、住民達を助けられる可能性は格段にあがる。

それほどまでに、ジークの力は絶大だった。

(しかし、本当にジーク達を頼《たよ》ってしまっていいのでしょうか?)

答えは否だ。

ジーク達は本来、この街とは無関係。

そもそも彼等《かれら》に、今日会ったばかりのアハトを助ける義理など存在しない。

そんな彼等を、危険に巻き込んでいいはずがない。

（そうです、そんな事はわたしの正義が許せない）

それに先ほど思った事だが――。

「そ、そんなに見つめられると、照れるんだけど……」

と、なにやらもじもじしているユウナ。

アハトはこの少女を特に、巻き込んだりしたくなかった。

どうして、彼女がジークと行動を共にしているのかは不明だ。

けれど、アハトの目に映るユウナは、どう見てもただのか弱い女の子。

（回復魔法は使えるようですが……少なくとも、魔王《まおう》と行動を共にするような大いなる力も、宿命も持っていないはずです）

そんな純粋《じゅんすい》で優《やさ》しいユウナに、ミハエルという醜悪《しゅうあく》を近付けさせたくない。

方針は決まった――あとは行動あるのみだ。

「ユウナ。頼《たの》みがあるのですが、聞いてくれますか？」

「うん、もちろん！　あたしに出来ることなら、なんでも言って！」

と、相変わらず可愛らしい笑顔を見せてくれるユウナ。

アハトはそんな彼女へと言う。

「実は少し喉《のど》が渇《かわ》いてしまいまして。外の井戸《いど》水《みず》でいいので、持ってきてもらえると助かるのですが」

「そんな悪そうに言わなくていいよ！　今のアハトさんは、あたしの患者《かんじゃ》さんなんだから！　大丈夫、あたしに任せて——それじゃあ、行ってくるね！」

「はい、本当にごめんなさい」

その好意を利用するような真似《まね》をしてしまって。

アハトが心の中で、そんな事を呟《つぶや》いている間にも、ユウナは部屋の外へと出て行く。


「………」

ジーク達が戻ってくる気配はない。

ユウナもこれで、少しの間は戻ってこないに違いない。

要するに現在、アハトはこの部屋に一人。

「本当に……ごめんなさい」

アハトは再度呟《つぶや》くと、ベッドから静かに起き上がるのだった。


そして、時は少し後。

場所はアルスの外れ――下水道。

「ここをまっすぐ進めば、地下実験施設へとたどり着くことができますね」

そうすれば、あとはそこに捕《つか》まっている住民達を逃がすだけだ。

しかも、今回は『前回失敗した時』と違って、アハトに有利な条件もある。

（きっとミハエルにとって、今のわたしの行動は想定外に違いありません）

一つ――ミハエルはアハトの怪我が、動けるほどに治っているとは思っていないはず。

二つ――そんな状態の今日の今日で、再び侵入《しんにゅう》するとは思えないはず。

（もちろん、前回と違って不利な面もありますけど）

と、アハトは脇腹《わきばら》を押《お》さえる。

表面的にはしっかりと治癒《ちゆ》できているが、やはりまだ治り切っていないに違いない。

動くとズキズキと痛むのだ――動けなくなるほどではないが。

（それにジークが言っていた体力面……ベッドを抜《ぬ》け出してから、気怠い感じが続きますね。とても好調とは言えませんが――）

そんな事を一々、気にしてなんかいられない。

ジーク達に頼ることなく、人々を一刻も早く助ける。
そして、最終的にミハエルを倒す。
それら三つを迅速《じんそく》にこなすには、今行動する以外に考えられないのだから。
アハトはそんな事を考えた後。下水道の奥を目指し、ゆっくりと進んでいく。

すると少し進んだところで。
「やはり居ましたか」
見張りだ——ミハエルの配下の冒険者に違いない。
その数は二人。
(大前提として、今回の目的は捕まっている人々を逃がす事)
故《ゆえ》になるべく交戦は避《さ》け、目立たない様に行動しなければならない。
だからこそ、普段あまり使われない『下水道側の入り口』から侵入したのだ。
だがしかし。
(さすがにこの見張りは、放置しておくわけには行きませんね)
この位置関係だと、どうしても帰りに再び出くわしてしまう。
しかも、その時は逃がした人々も一緒なのだ。

「やれやれ……仕方ないですね」

言って、アハトは腰《こし》の剣《けん》へと手をかける。

そして次の瞬間――。


アハトは地面を蹴《け》りつけ、疾走《しっそう》。

凄《すさ》まじい加速で、冒険者の一人へと接敵。

すれ違いざまに抜剣――その冒険者を斬《き》り捨てる。


「あ、か――っ」

と、アハトの後ろで静かに倒れる冒険者。

きっと、斬られた事すら気がついていないに違いない。

一方、残りの冒険者はというと。

「き、貴様はアハト！　どうしてここに――っ⁉」

と、驚き慌《あわ》てた様子で剣を引き抜こうとしている。

しかし、その動作はアハトにとって、あまりにも。

「遅《おそ》い！」

言って、アハトが繰《く》り出した斬撃。

それは冒険者が剣に手をかける前に、冒険者の急所へと叩き込まれる。

後に残ったのは静寂《せいじゃく》——初戦はアハトの完全勝利だ。

考えた後、アハトは剣を鞘《さや》に納めようと——。


「っ……⁉」

突如《とつじょ》、アハトへと地面が迫《せま》ってくる。

けれど、彼女はすぐに何が起きたか理解する。

(ちが、う……わたしが倒れそうになり、膝《ひざ》をついた、のですか?)

どうやら、アハトが思っていた以上に体力も、傷も具合がよくないに違いない。

まさか、たったこれだけの動作でここまで反動が来るとは思わなかったのだ。

しかし、今更《いまさら》泣き言をいう訳にはいかない……それに。

(この程度、捕まっている人々の声を——わたしに伸《の》ばされた、救いを求める手を思い出せばなんという事はありません)

実際、彼等の事を考えると、力が戻ってくるような気がするのだ。

まだやれる……まだ立ち上がれる。

アハトは地面に剣を突《つ》きさし、強引《ごういん》に身体を持ち上げる。

そしてそれから、彼女は下水道の闇《やみ》の中を目指し、更《さら》に歩を進めるのだった。

為《な》すべき事を、為すために。


そうして、時は更に後。

場所は下水道の先――地下実験施設。

アハトは数多くのトラップを掻《か》い潜《くぐ》り、必要とあれば多くの冒険者を打倒《だとう》し……ついに。

「おまえ達、助けにきました。大丈夫ですか？」

「お、お嬢《じょう》ちゃんは……たしかミハエルの」

と、牢《ろう》の中から怪訝《けげん》な様子の視線を、アハトに向けてくる人々。

それも仕方のない事だ。

彼等にとってのアハトは、ミハエルの忠実な部下なのだから。

故にアハトはなるべく優しい口調を意識し、彼等へと言う。

「心からは信じられないかもしれません。ですが、どうか今は少しでも信じてください。わたしはおまえ達の味方です」

「ふ、ふざけるな！　儂《わし》は覚えとるぞ！　お嬢ちゃんが……儂等の助けを求める声にそっぽを向いて、ミハエルに従っていたのを！」

「今さら何を言っても、言い訳に聞こえると思いますが……わたしは、おまえ達を救い出せるタイミングを見計らっていたのです」

「そんなこと──っ！」

「なら信じなくても構いません。今からわたしが、おまえ達をここから出す──そして、とにかくわたしについてきてください」

言って、アハトは剣を引き抜く。

そして、彼女はそれをやや大きく構えながら、人々へと言う。

「理由はどうあれ、わたしがおまえ達に背を向けたのは事実──無事に脱出《だっしゅつ》した後で、罰《ばつ》は受けます。わたしを好きに痛ぶって、殺してくれても構いません」

「どうして、そこまで儂等を……」

「わたしの中にある正義の心が、おまえ達を助けろと──叫《さけ》んでいるからです」

言って、アハトは剣を振《ふ》るう。

一秒にも満たない時間で十二度、牢の鉄格子《てつごうし》を切りまくる。

その結果、完全に破壊《はかい》された牢。

そこから出て来たのは、捕まっていた街の住民達──およそ十名。

「本当に……助けて、くれるのか？」

と、言ってくるのは住民の一人。

アハトはそんな彼へと言う。

「助けます。このわたしの命に代えても——ですからどうか」

「信じるとも、儂等のために命を捨てる覚悟《かくご》をしてくれた人を……信じないわけがない」

「ありがとう、わたしを信じてくれて……ですが、まだ安心だけはしないでください」

言って、アハトは周囲にまだまだある牢を順に見ていく。

ミハエルが、脱走《だっそう》に気がつくまでに全《すべ》ての牢を破壊する。

そして、中の人々を全員助けた後に、下水道から脱出する。

(難度は高いですが、決して不可能ではないはず)

などなど、アハトがそんな事を考えていると。


「儂等にもなにか、出来ることはないか？」

「そうよ！　戦えるとはいえ、あなたみたいな女の子ばかりに任せていられないわ！」

「そうだ！　全員で協力して逃げるぞ！」

「僕《ぼく》も、僕も何かしたい！」

と、次々に上がる住民達《たち》の声。

アハトはそんな彼等へと言う。

「それならば——牢はわたしが破壊していきますので、おまえ達は中の人の誘導《ゆうどう》を。パニックになって、逃げださないよう一か所に集めてください！」

「他には⁉」

「おそらく、中には動けない者もいるはずです。彼等に手を貸してあげてください」

「お、俺達は何をすればいい⁉」

「念のため、入り口を見張っていてください。誰《だれ》か来る気配があれば、すぐにわたしに知らせてください——くれぐれも自分達だけで、戦おうとしないでください」

「わかった、任せてくれ！」

と、次々に動き出す人々。

アハトはそれを見て、何か大きな力の様なものを感じた。

（わたしの様な偽物《にせもの》の言葉に、こうまで多くの人々が協力してくれるなんて）

こんなに嬉《うれ》しい事はない。

きっと、この作戦は成功する……いや、成功させてみせる。

アハトは再度、その決意を固め次の牢へと向かうのだった。

人々を救うために。


そうして少し後。

(住民達の協力もあって、想定していたよりも早く、牢屋《ろうや》からの救出が終わりましたね)

現在、アハト率いる住民達は地下実験施設の中を進んでいる。

吹《ふ》き抜けのある二階建てになっているこの場所。

一見すると、地下とは思えないほどに整えられ、清潔感のある美しい造りになっている。

けれど。

(机に並べられた血の付いたメスに、臓物の入った容器……相変わらず趣味《しゅみ》の悪い)

これを見ていると、改めて思う。

と、アハトが後ろを向けば、そこに居るのは大量の住民達――その数およそ百。

(ミハエル……周囲の村からも人を攫《さら》っているのは知っていましたが、まさかこれほどの人数を牢屋に閉じ込めているとは)

もし、このまま彼等を助けず放置したら。

彼等全員がミハエルの手にかかって、死んでいたに違いない。

要するに、先ほどアハトが見た容器の中の臓物。

今アハトが連れている人々が、あの様になっていた可能性があるのだ。

それを想像すると、本当にぞっとする。

アハトはそんな事を考えた後、前を見る。

(もう少しですね。今いる大部屋を抜ければ、下水道はすぐそこ……このまま、何もないとよいのですが)

恐《おそ》れていても何も始まらない。

仮に何かあれば、アハトが住民達を守ってやればいいのだ。

(幸い……わたしの身体もあと少し動きそうですしね)

などなど、そんな事を考えるアハト。

彼女は人々を率いて、件《くだん》の大部屋の中央へと——。

「やぁっ、アハト！　早いうちに来るとは思っていましたけど、こうも早いとは思わなかったですよ」

聞こえてくるのはミハエルの声。

見れば、少し離《はな》れたテーブルの上に、彼が座っている。

そんな彼はからからと、楽しそうな様子でアハトへと言ってくる。

「いやまったく、相変わらずの正義感だね。身体もまだまだ不調なんだろう？」

「っ……どうして、おまえがここに居るのですか！」

「どうして？　それはだって、ここは僕の実験施設ですからねぇ」

「そういう事を聞いているのではありません！」

「あははは っ！　わかってますって、怒《おこ》らないでよ――冗談《じょうだん》、冗談ですよ」

言って、ミハエルはアハトの方へと近づいてくる。

その間、アハトはざっと周囲を観察するが。

（いつの間にか、かなりの数の冒険者《ぼうけんしゃ》に、取り囲まれていますね……さすがにこの数を相手にするのは無理があります）

きっと、冒険者達《たち》はミハエルが作った錬金の秘薬なりで、気配を消していたに違いない。

と、アハトが考えている間にも、すぐ近くまでやってきたミハエル。

彼はアハトへと、からから笑いながら言ってくる。

「キミは優しくて、正義感がとても強いですからね。すぐにでも、人々を助けるために再度侵入《しんにゅう》してくると思いましたよ！」

「わたしの行動を……読んでいたのですか？」

「当たり前じゃないですか！　仮にも僕は、キミが産まれた時から一緒に生活しているんだよ？　創造主が造形物の感情を、読めない訳がないじゃな——」

「反吐《へど》がでます。わたしは一度たりとも、おまえを創造主と思った事などありません」

「あははっ、そんなに怒らなくてもいいじゃないか。僕はキミを大切な造形物だと思っていますよ？」

「……っ」

「なんせ、キミは僕達アルケミー一族が、長年研究してきた大いなる題材の一つ——『勇者ミアのホムンクルス精製』。そのようやく形になった、貴重品なんですから……もっとも、失敗作ではあるけどね」

言って、更にアハトへと近づいて来るミハエル。

彼はアハトの耳元で、言葉を続けてくる。

「僕にはキミが必要なんですよ。今後、キミをベースに実験や解剖《かいぼう》を進めれば、完璧《かんぺき》な『ミアのホムンクルス』を作れるかもしれない」

「だから……ここで、網《あみ》を張っていたのですか？」

「そうだとも！　キミは単純ですからね、ここで張っていれば捕まえられると思っていた」

「簡単に捕まえられるとでも？」

「逆に聞こうか――勇者であるこの僕から、無事に逃《に》げられるとでも？」

「…………」

「…………」

「……っ！」

アハトは痛みと疲労《ひろう》を堪《こら》え、全力で抜剣――狙《ねら》うはミハエルのがら空きの胴《どう》。

しかし、そんなアハトの攻撃《こうげき》は、ミハエルへは届かない。

「おっと、危ない危ない！　危《あや》うく、殺されちゃうところだったじゃないか！」

バックステップでアハトの斬撃を躱《かわ》した後、そんな事を言ってくるミハエル。

アハトはミハエルの言葉を無視して、彼へと言う。

「わたしは今ここで、おまえを倒す。頭のおまえを倒せば、他の冒険者は烏合《うごう》と化す！」

「やってみるといいよ、アハト」

「言われなくとも！」

言って、アハトはミハエルを追撃《ついげき》するため、足を前へと踏《ふ》み出し――。

パリンッ。

と、ガラス瓶《びん》が割れるような音が、聞こえてくる。

発生源は、アハトが先ほど踏み出した足の下。

(これは……錬金術《れんきんじゅつ》で作った爆弾《ばくだん》――っ)

直後、巻き起こる凄まじい爆発《ばくはつ》。

同時、聞こえてくるのは――。

「安心するといい。キミを殺すつもりはないですからね、威力《いりょく》は低めにしてある」

そんなミハエルの、余裕《よゆう》しゃくしゃくと言った様子の声。

きっと、今のでアハトを行動不能に出来たと、そう信じているに違いない。

大きな間違《まちが》いだ。

「手加減も、油断もするべきではなかったですね!」

「なっ⁉」

と、驚いた様子で上空を見上げてくるミハエル。

要するに、アハトは爆弾が爆発する前に、上空へと逃げたのだ。

当然、ただジャンプしただけでは、こうまで高くは飛べない。

「っ……爆風《ばくふう》を利用したのか⁉」

と、まさにといった事を言ってくるミハエル。

なにはともあれ、あとはもう簡単だ。

上空から落下する勢いを剣に乗せ、ミハエルへと振るのみ。

すなわち――――。

「わたしの勝ちです、ミハエル！」

アハトへと迫る地面。

同時、彼女は剣を振り下ろす。

ミハエルは片腕《かたうで》を上げ、防御《ぼうぎょ》態勢を取って来る。

けれど、当然そんなものは防御になどなりはしない。

体感でわかる。

この剣速ならば、鋼鉄すらも容易《たやす》く両断できる――――ミハエルの腕《うで》など、紙切れ同然だ。

と、アハトが一瞬《いっしゅん》のうちに考えた僅《わず》か後。

アハトの両手に感じるのは、肉を引き裂《さ》く感覚。

高速の斬撃が、ミハエルへとついに届いたのだ。

それはどんどん進んでいき、ついに骨へと達したところで――。

「⁉」

全く動かなくなる。

アハトは更に力を込め、剣を押し込もうとしてみるが、それでも剣は動かない。

「悪いね、僕の身体は特別性なんですよ。それとアハト……キミは勘違《かんちが》いをしているんじゃないかな？」

と、聞こえてくるのはミハエルの声だ。

まずい……何かマズい予感がする。

アハトは一刻も早く、ミハエルから離れようと、今度は剣を引こうと力を入れる。

しかし、それすらも動かない。

「僕は並み大抵《たいてい》の錬金術師《れんきんじゅつし》とは、立っている次元が違うんですよ……勇者ですから」

と、更に言ってくるミハエル。

彼はカラカラと気持ちよくも、醜悪な笑《え》みを浮《う》かべて、アハトへと言葉を続けてくる。

「そして、キミはそんな僕の創造物に過ぎない」

「何が……いったい何が言いたいのですか、おまえは」

「理解ができないかな、ホムンクルス。最高の錬金術師であり、最強にして至高の勇者である僕が、作った物よりも弱いと思いましたか？」

「ぐ――っ」

アハトの横っ腹に襲《おそ》ってくる痛み。

同時、アハトの身体は吹っ飛び、何度も転がってようやく止まる。

（判断を誤りました、ね……蹴りが来るのは見えていたのに、剣への執着《しゅうちゃく》から回避《かいひ》が遅れてしまった）

などなど、アハトがそんな事を考えていると。

パチンッ。

と、ミハエルが指を鳴らす音が聞こえてくる。

そしてそれと同時――。

「っ……これ、は？」

アハトの服から突如、大量のスライムが現れたのだ。

奴《やつ》らはアハトの体の至るところにまとわりつき、服を溶かしながら彼女《かのじょ》を拘束《こうそく》してくる。

「キミを蹴り飛ばす際にね、僕がスライムの素となる特殊な液を付けたんですよ」

と、腕にめり込んでいる剣を抜き、それを放《ほう》りながら言ってくるミハエル。

アハトはそんな彼を睨《にら》み付けながら言う。

「この程度の拘束、抜け出せないと思っているのですか？」

「思っていないさ！　キミは僕の創造物の中でも、かなり上位に位置する存在だ！　決して過小評価なんてしない！」

「それなら──」

「ただね、キミは抜け出さないよ」

言って、ミハエルがパチンと指をならすと。

これまで周囲で待機していた冒険者達が、彼の周りへと近づいて来る。

そして、そんな冒険者達はそれぞれが、アハトが解放した人々を人質《ひとじち》にとっている。

(わたしがミハエルと戦っている間に……っ)

油断していたのは、アハトの方だった。

手加減しているミハエルなら、瞬時《しゅんじ》に倒せると判断してしまった。

そして、その一瞬ならば問題ないと──人々から目を離してしまった。

それら全てが、この状況《じょうきょう》を招いてしまった。

「それでどうする、アハト？　その拘束から抜け出せば――彼等冒険者に命令して、人質を殺させるけど」

と、そんな事を言ってくるミハエル。

答など決まりきっている。

故にアハトは視線を下げ、ミハエルへと言う。

「わたしの、負けです……ですが、どうか彼等は解放してあげてください」

「そのメリットがどこにあるのかな？」

「なんでも、します……人体実験も、なにもかもわたしが引き受ける。解剖だって、好きにしてかまわない」

「ほう」

「おまえも楽でしょう。抵抗《ていこう》しないわたしの方が……住民を実験台にするよりも」

「ん～どうだろうね。でもまぁ、一理あるかもしれませんね」

言って、近づいて来るミハエル。

彼はどこからか注射器を取り出しながら、アハトへと言葉を続けてくる。

「これはね、キミの自我《じが》を崩壊《ほうかい》させる薬だ。さっきキミが言った事が本当なら、これを撃《う》ちこんでも構いませんね？」

「……はい」
所詮《しょせん》、この程度なのだ。
アハトは心のどこかで、思っていたのだ。
(人々を救った勇者……ミアから作り出されたわたしなら、彼等を救えると)
けれど、所詮は偽物。
アハトにそんな力など、ありはしなかった。
「さようなら、アハト。これからは従順な人形として、僕に仕えてください」
言って、どんどん注射器を近づけてくるミハエル。
そして、まさに彼が持つ注射器の針が、アハトの首筋へと刺《さ》さろうとした。
瞬間——。
響《ひび》き渡《わた》る凄まじい轟音《ごうおん》。
襲い来る凄まじい振動《しんどう》。
闇色の爆発と共に、消滅《しょうめつ》する天井《てんじょう》。
差し込む茜色《あかねいろ》に染まった光。
そこから現れたのは——。

「ま、おう?」

ミハエルなど霞《かす》むほど、醜悪で邪悪《じゃあく》な闇の魔力《まりょく》。

それを纏《まと》った褐色《かっしょく》で筋肉質の巨躯《きょく》。

そして、見るものを凍《い》てつかせる絶対零度《れいど》の眼光。

鬼神《きじん》のように生えた二本角と、美しくもおぞましい白髪《はくはつ》。

あれは怪物《かいぶつ》だ。

あれの前ではどんな巨悪《きょあく》も子供に見える。

あれを放置しておけば、世界が終わってしまうと本能で感じられる。

そして、そんな怪物――褐色の魔王はアハトへと顔を向けてくると。

「遅《おく》れて悪い、大丈夫か……アハト?」

聞こえてくるのはジークの声。

とても優しく、温かい少年の声。

見れば、先ほどまで怪物が居た場所に立っているのは、ジークだった。

（さっきのは、幻覚《げんかく》？　いや、今のはきっと――わたしに溶《と》け合ったミアの身体の一部。それが思い出させた、かつてのミアが持っていたジークの記憶《きおく》……といったところですか）

やはり、アハトはミアと別物だ。

悟《さと》ってしまった――アハトではどうひっくり返っても、あの怪物に勝てはしない。

むしろ、戦いを挑《いど》む勇気すらない。

（もっとも、あの怪物と戦う必要なんてありませんが……だって、あれはジークだ）

アハトの身体に残るミアは未《いま》だ、ジークの危険性を訴《うった》えている。

だが、アハトの魂《たましい》は明確に理解している。

「安心しろ、アハト。ここからは約束通り、俺《おれ》が協力してやろう」

そんな事を言ってくるジーク。

彼が誰よりも優しい存在で、アハトの頼もしい味方だということを。

第五章　魔王は助けてみる

時は遡《さかのぼ》る事少し前――ユウナがジーク達の部屋に飛び込んできた僅か後。

場所は変わらずアルスの街の廃屋《はいおく》――アハトが横になっていた部屋。

現在、ジークはそんな彼女が横になっていたベッドを眺《なが》めていた。

「ジークくん、ごめんね。アハトさんがどこかに行っちゃったの……あたしのせいだよね？」

と、言ってくるのはユウナだ。

彼女は申し訳なさ全開といった様子で、ジークへと言葉を続けてくる。

「あたしがもっとちゃんと見ておけば……」

「いや、ユウナは悪くない。だって、お前はアハトのために水を汲《く》みに行ってたんだろ？」

「そう、だけど……」

「お前はただ、アハトに親切にしようとしただけだ。それが悪いはずなんてない」

「でも……」

と、すっかりいつもの元気がなくなっている様子のユウナ。

ジークはそんな彼女へと言葉を続ける。

「何度も言うが、お前は悪くなんていない。もちろん、アハトもな」

大方、アハトは一刻も早く、住民をたすけに行きたい。

そして、ジーク達に迷惑《めいわく》をかけたくない。

などと、そんな事を考えていたに違《ちが》いない。

もっとも。

「それにだ——正直な話。アハトがここから勝手に出て行くのは、想定通りだ」

「え、それってどういう事？」

「右に同じくですよ！　どういうことですかそれ！」

と、ユウナに続いて反応してくるのはアイリスだ。

彼女はジークへと言葉を続けてくる。

「てっきり、アハト捜《さが》しにめちゃくちゃ時間取られて、魔王様《まおう》とのイチャコラ時間が減るんだろうな……って、ものすっごい辟易《へきえき》してたんですけど、そうじゃないんですか⁉」

「俺がアハトの行動を読めないと思ったか？　そして、逃げると想像出来た以上、何も対策してないと思ったか？」

「ちなみにだが、ブランは気がついていたみたいだぞ――俺が何をしたか」

「ん……ブランはアイリスと違って、ちゃんとした魔法使《まほうつか》いだから……まおう様の魔力の流れがわかってた」

と、ドヤっとした様子のブラン。

それではここは、魔法使いブランに説明してもらうとしよう。

ジークがブランへと説明を促《うなが》すと、彼女はアイリスへと言葉を続ける。

「まおう様は部屋から出て行く時、アハトの肩《かた》に触《さわ》った」

「声かけた時ですよね？」

「そう……あの時に、まおう様はアハトに刻印を刻んでた――効果は『刻まれた者の位置が、『刻んだ者にわかる』……ってやつ」

「な、なんと！　あの一瞬でそんな刻印を！　さっすが魔王様じゃないですか！」

「ん……まおう様はすごい！」

わーわー。

きゃーきゃー。

と、騒《さわ》いでいるアイリスとブラン。

一方、ユウナはというと。
「じゃ、じゃあアハトさんの居場所って、ジークくんにはもうわかってるの⁉」
と、ジークへと詰《つ》め寄って来る彼女。
ユウナは『アハトの事はユウナのせいではない』と、ジークから説明を受けてなお――
よほど、アハトの事が心配だったに違いない。
相変わらずユウナは優《やさ》しい。
(さすがは真の勇者ってとこか)
とにかくユウナの心配は、これ以上は無用の心配だ。
なんせ、少し探知に時間はかかったものの。
ジークは先ほどちょうど、アハトの居場所を探知完了《かんりょう》したのだから。
「場所は街の地下。アハトが言っていた、地下実験施設《しせつ》とやらか」
行くとしたら、ミハエルの城か地下実験施設。
そのどちらかだと、だいたい予想はしていた。
しかし、こうして絞《しぼ》り込めたのは、手間が省けて本当によかった。
そういう意味では、刻印をしかけて置いて万々歳《ばんばんざい》だ。
なお、ジークがアハトの単独行動を読み、それが出来た理由は簡単だ。

かかわらず、仲間を助ける為《ため》に俺に挑んできた)

(若干《じゃっかん》の猪突猛進《ちょとつもうしん》具合はミアに通じるものがある。かつてミアも、傷が治っていないにも

きっと、正義感が強い人物にありがちな行動に違いない。

さらに言うならば。

アハトはやたらと、住民の事を気にかける発言ばかりしていた。

(身体が動く様になったら、飛び出しそうな勢いだったからな……まぁ、実際そうなったわけだが)

なんにせよ、備えあれば憂《うれ》いなしだ。

ジークはそんな事を考えた後、アイリス達へ言うのだった。

「行くぞ。アハトを助けに行く——あいつとは、約束があるからな」

そうして、時は数分後。

「ここだ」

「え、えっとジークくん?」

と、聞こえてくるのは、戸惑《とまど》った様子のユウナの声だ。

彼女はジークへと言葉を続けてくる。

「ここって――普通《ふつう》に街中だよね？」

「あぁ。しいて言うなら、アルスの街の中心部だな。人通りもかなり多いし、通りの左右に店もある商店街だ」

「ど、どういう事かな？　さっき『アハトは地下実験施設に居る』って言ってなかった？　だからその、あたしてっきり下水道に向かうのかと……」

と、戸惑った様子のユウナ。

彼女の疑問は正しい。

なんせ、地下実験施設への入り口は二つ――下水道か、ミハエルの城。

『侵入《しんにゅう》』を前提に考える場合は、裏口である下水道を考えるのが普通だ。

だがしかし、ジークの場合は違う。

などなど、ジークはそんな事を――。

「ん……ユウナはまだまだ、まおう様の思考を理解してない。まおう様は目的地に行くのに、そんな回りくどい事はしない」

「あは♪　魔王様が地下実験施設に行くのに、くっさい下水道を使う訳がないじゃないですか！」

と、ジークの思考を断《た》ち切るように聞こえてくるのは、そんなブランとアイリスの声だ。

付き合いが長いだけあり、二人はジークの思考を理解していたに違いない。

故《ゆえ》にジークは改めて、ユウナへと言う。

「いいか、ユウナ？　俺達《おれたち》が立っている場所の真下から、アハトの反応があるんだ」

「え、じゃあこの下に地下実験施設があるってこと⁉　でも、入り口はないし……どうやって行くの？」

「まぁ、それは実際に見た方が早い」

さて、となれば後は簡単だ。

ジークはアイリスの方へと向きなおり、彼女へと言う。

「アイリス、人払《ひとばら》いを頼《たの》む——俺がやりたいことは、わかっているんだろ？」

「もちろんですとも、全ては魔王様の心のままに！」

言って、くるっとターンするアイリス。

彼女はそのまま、ジッと周囲の人々へと視線を向ける。

その直後。

「あんなにあった人通りが、なくなっちゃった！　すごい、人っ子一人歩いてない！」

と、驚《おどろ》いた様子のユウナの言う通りだ。

アイリスが精神操作魔法《まほう》を使い、通りの人々をダッシュで遠くへと退避《たいひ》させたのだ。

さて、どうしてジークはアイリスにそんな事をさせたのか。

それは簡単だ。

「アイリス。降りる時は、ユウナとブランを抱《かか》えてやってくれ」

「ええ～～～！　重労働じゃないですか！　でも、やらせていただきますとも！　魔王様のためなら！」

ハグっと、ユウナとブランの腰《こし》を抱《だ》くアイリス。

ジークはそれを見た後、地面へと手を翳《かざ》す……そして。

「下位闇魔法《やみまほう》《シャドーフレア》」

ジークの手から放たれたのは、闇色の炎《ほのお》。

それは凄《すさ》まじい速度で地面を伝い、いく筋も放射線状に広がっていき。

爆《は》ぜた。

巻き起こったのは凄まじい連続爆発。

立ち上るのは、空を落とすほどの火柱。

鳴りやまない怒涛《どとう》の爆音《ばくおん》。


時間にして数秒——ジークの魔法が収まった頃《ころ》には。

「ざっとこんなものか」

ジークの目の前には、大穴が開いていた。

無論、この穴が続いている先は地下実験施設だ。

要するに、これこそが先の答だ。

(下水道からの潜入《せんにゅう》は論外、する必要がない。城側から堂々と入るのもいいが、それだと時間がかかる……だったら、するべきことは一つ)

地下実験施設——そのアハトが居る真上に、直通の入り口を作ってやればいいのだ。

ジークはそんな事を考えた後、大穴の中へと飛び降りる。

そして、吹《ふ》き抜《ぬ》け二階になっている地下実験施設に着地するや否《いな》や。

「遅れて悪い、大丈夫《だいじょうぶ》か……アハト？」

言って、アハトへと視線を向ける。

彼女は驚愕《きょうがく》した様子で、ジークの方を見てきている。

そして、そんな彼女の傍《そば》に居るのはミハエルだ。

（なんだ……あの注射器は？　なんにせよ、ろくでもない物だろうな）

と、ジークは周囲を見回す。

すると見えてくるのは、人々を人質に取っている冒険者達の姿だ。

きっと、人質に取られている彼等《かれら》こそが、アハトが助けたかった人々に違いない。

（まったく……部下に人質を取らせて、アハトを無力化するとか。とことんクズだな……この時代の勇者は）

悲しみと虚《むな》しさで、ため息すら出なくなってくる。

なにはともあれ、ジークが今最優先ですることは一つだ。

「安心しろ、アハト。ここからは約束通り、俺が協力してやろう」

言って、ジークは即座《そくざ》に剣《けん》を引き抜く。

そして、彼は瞬時にアハトとミハエルの間に入り――。

「こいつは俺のものだ。離れてもらおうか」

ジークは初撃で、アハトにまとわりつくスライムを撃破《げきは》。

続けて、彼はミハエルへと剣を振《ふ》るう。

すると――。

「痛ぅ……っ⁉」

聞こえてくるのはミハエルのうめき声。

同時、宙を舞《ま》うミハエルの右手――地面へと落ちる注射器。

ミハエルは相変わらずの逃《に》げ足《あし》で、すぐさまジークから距離《きょり》を取って来る。

ジークはそんな彼を睨み付けながら、地面の注射器を踏みつぶす。

そして、ジークはそのまま彼へと言う。

「もう片方の手も斬《き》ってやろうか？　錬金術師のクズ勇者」

「ははっ、それは困るね。錬金術師にとって、手は命ですからね」

「ほう、右手を斬ったのは、謝罪した方がよかったか？」

「いや、謝《あやま》ることはないですよ」

言って、ミハエルは懐《ふところ》から別の注射器を取り出す。

彼はそれを右腕《みぎうで》へと突《つ》き刺す。

直後。

ボコ。

ボコボコボコ。

と、不快な音を立てながら、膨張《ぼうちょう》し始めるミハエルの右腕——その切断面。

それはやがて醜悪《しゅうあく》な肉塊《にくかい》から、徐々《じょじょ》にミハエルの元の右手になっていく。

その後、彼は件の右手を見せながらジークへと言う。

「ほらこの通り。僕《ぼく》の力を以《もっ》てすれば、斬られた手なんか簡単に生えますから」

「まるでトカゲだな。勇者をやめて、爬虫類《はちゅうるい》になったらどうだ？　なんなら、俺も応援《おうえん》してやろう」

「ジーク君の気持ちは嬉《うれ》しいですけど、遠慮《えんりょ》させてもらうよ」

「遠慮することはない。何なら、今すぐにでも——」

ドサッ。

ドササッ。

見れば、アイリスとブラン、そしてユウナがアハトの傍に落っこちてきていた。

「うぅ……二人抱えての飛行は無理です、重すぎます……む、無念」

「ん……痛い」

「アイリスさん、ブランさん……お、重いよ……ど、どいて」

順に聞こえてくるのは、そんな三人の声。

要するにそういう状況に違いないが、今はミハエルだ。

考えた後、ジークがミハエルの方を見ると。

「相変わらずの逃げ足だな。いつの間に、そんなところに移動したんだ？」

「褒《ほ》め言葉《ことば》として受け取っておきますよ、ジーク君」

と、言ってくるのはミハエルだ。

彼は地下実験施設の二階へと続く階段から、ジークを見下ろしながら言ってくる。

「とはいえ、安心してください。僕は逃げたりしない――準備さえ整えれば、必ず勝てる相手に逃げる必要なんてないですから」

「今は逃げようとしてるのに、随分《ずいぶん》な言い草だな」

「明日、僕の城で待っています。そこで決着をつけましょう。僕としても、キミの肉体は実験サンプルとして、手に入れたいですからね」

「今──逃がすとでも？」

「前も言った気がしますけど、キミは逃がしますよ」

と、ミハエルが言った直後。


バチチチチチチチチチチチチチチチチチチチチチチチッ！


そんな音を立て、巻き起こる放電現象。

それは少なくとも、ジーク達《たち》が居るフロア全体から起こっている。

「こういう事もあろうかとね、爆破錬成陣《ばくはれんせいじん》を仕込んであるんですよ。施設を破壊《はかい》するのはもったいないですけど、城に研究資料は揃《そろ》っている」

と、言ってくるミハエル。

彼はジークに背を向け、通路へと消えながら言葉を続けてくる。

「まぁ、ジーク君の足止め──あわよくば、倒《たお》すためなら仕方ない。あぁ、それとダメ押《お》しのプレゼントも残しておくので、楽しんでください。いずれも僕の至高の傑作《けっさく》です」

「だから、逃がすとでも——」

「まおう様……冒険者達《ぼうけんしゃたち》の様子が変」

と、ジークの声を断ち切るように聞こえてくるのは、ブランの声だ。

彼女が指さす方を見てみれば、数人の冒険者が頭を押さえ苦しんでいる。

そして、そんな冒険者達の周囲。

そこでは別の冒険者達が心配そうに慌《あわ》て——悔《くや》しそうな様子で、彼等を見ている。

「ミハエル……認めてやろう。逃げ足と逃げる算段だけなら、お前は勇者を名乗っていいレベルだよ。もっとも、勇者は逃げたりしないだろうが」

ジークが言って、舌打ちしたのとほぼ同時。

苦しんでいた冒険者達の身体《からだ》は、内側からはじけ飛ぶ。

そして現れたのは——。


膨張した筋肉を剥《む》き出《だ》しにし。

形が不揃《ふぞろ》いな腕を四本生やし、巨大《きょだい》な爪《つめ》を持つ。

そんなグロテスクな怪物《かいぶつ》。

きっと、予《あらかじ》めミハエルが錬金の秘薬を、数名の冒険者に打ち込んでいたのだ。

結果、この冒険者達はこのタイミングで、怪物へと変貌《へんぼう》を遂《と》げた。

（仮にも仲間にこの仕打ちとは、本当にクズだなミハエル。勇者の――ミアの子孫として、恥《は》ずかしくないのか？　それにさすがの俺も、冒険者が哀《あわ》れになってくる）

などと、ジークが考えている間にも。

「あ、ああ……あぁ～～～っ」

と、耳障《みみざわ》りな声をあげながら、人質に襲いかかる元冒険者の怪物。

ジークは瞬時に剣を構え、そんな怪物たちめがけて剣を振るう。

魔力を纏わせた斬撃を飛ばしたのだ。

直後――。


斬撃は怪物達に間違いなく直撃《ちょくげき》。

通常ならば、身体が真っ二つになるレベルの一撃《いちげき》だ。

しかし奴等は未だ立っていた。


それどころか。

怪物達は斬撃でようやくジークに気がついた——そんな様子で、彼の方を向いて来る。
(この様子……まさか、俺の斬撃を無効化しているのか⁉)
並大抵《なみたいてい》の耐久度《たいきゅうど》ではない。
間違《まちが》いなく、五百年前の魔物《まもの》を凌駕《りょうが》している。
「おもしろい、いいだろう！」
腐《くさ》っても自称《じしょう》天才のミハエルの傑作……という事か。
ならばジークも、より強い一撃を繰《く》り出すのみ。
などなど、彼はそんな事を考え、再度剣《けん》を構えた瞬間。
ジークの方へと、ダッシュしてくる怪物達——その数は八体。
そして、その直後。
胴体《どうたい》から上が、ズルリと地面に落ちた。
「……は？」
そんなジークの視線の先で、下半身だけで走って来る怪物八体。
けれど、やがて怪物の下半身達は、ジークの前でぶっ倒れ、痙攣《けいれん》し始める。

要するに、これは――。

「あはははは！　だっさ！　至高の傑作ざっこ♪　一撃で死んでるじゃないですか！　しかも時間差で！　ぷぅううう～～～～っ、魔王様とのレベルの差がやばすぎて、もう笑い堪《こら》えられないんですけど！」

と、聞こえてくるアイリスの声。

彼女はそのまま、誰《だれ》にともなく言葉を続ける。

「同じ『至高』でも、魔王様の斬撃の『至高』さの方が、上だったみたいですね！　なんせ、怪物達が死んだことに気がつかないで、しばらく走れるほど凄《すご》い斬撃なんですもん！　もう、さっすが魔王様ですよ！」

と、ジークの強さを再確認《かくにん》してか、ご機嫌《きげん》な様子のアイリスさん。

ジークの斬撃が至高かはともかく、彼女が彼の考えをだいたい言ってくれた。

それにしても。

（これは判断に迷うな。ミハエルの錬金の秘薬が微妙《びみょう》なのか、はたまた素体となった冒険者が微妙なのか……まぁ、おそらくは）

後者に違いない。

人造竜《りゅう》タイラントや、アハトを見る限り――ミハエルは腕《うで》だけは確かだ。

（それともあれか？　これがミハエルの作戦だったのか？）

ジークは視線を、先ほどまでミハエルが居た場所へと向ける。

すると当然、そこにミハエルの姿はない。

（俺を亜然《あぜん》とさせている間に逃《に》げる……もし狙《ねら》ったなら、敵ながら見事だな。完全に俺の心理を見抜《みぬ》き、利用した作戦といえる）

もっとも今からでも、ミハエルを追えば確実に追いつく。

だが、それはこの場に居る全員を置き去りにした場合だ。

けれど、当然——そんな事をすれば、ここに居る全員は爆発《ばくはつ》に巻き込まれる。

《ヒヒイロカネ》を身体に流しているミハエル。

そんな奴が作った錬成陣《れんせいじん》だ。

ジーク以外が受けて、無事ですむわけがない。

（やっぱり論外だな。ミハエルの命と、仲間の命じゃ釣《つ》り合《あ》いが取れない）

それに、ここには捕《つか》まっていた人々も居るのだから。

ジークとしては興味ないが、彼等を助けるのはアハトとの約束だ。

「ジークくん、なんだか爆発しそうだよ！　どんどん放電が強まってる！」

「ふぁ……お、おっと！　あは♪　魔王様が居る安心感から、あくびが……危ない危ないっ」

るのですか⁉」

「勝手なわたしを、助けに来てくれたことは礼を言います！　ですがこの状況……どうす

「まおう様……このままだと、いい人間が危ない。ブランでも守り切れない……っ」

と、言ってくるのはユウナ、アイリス、ブラン、そしてアハトだ。

一名を除いた三人は、それぞれの様子で慌てている。

それも仕方のない事に違いない。

なんせ、まだ爆発していないにもかかわらず、巻き起こっている件の放電。

それは周囲の地面や壁《かべ》、実験器具に襲《おそ》いかかり、破壊し続けているのだから。

「ひ、ひぃ！　な、なんだこれ――ぐぁ⁉」

「だ、ダメだ！　た、助け――っ⁉」

と、聞こえてくるのは、ミハエルの部下のクソ冒険者達の声。

当然、彼等も地面などと同様、放電に襲われ傷を負っていっている。

住民やユウナ達が無事な理由は一つ。

(放電が飛んでくる場所を、いちいち斬って防御《ぼうぎょ》してるけど、面倒《めんどう》になってきたな)

もうこの数秒で、かれこれ二百回ほど剣を振っている。

そろそろ爆発もしそうなことだ――一気に決めさせてもらおう。

「ジークくん、お願い！　冒険者さん達も助けてあげて！」

と、ジークの言葉を遮《さえぎ》るように聞こえてくるのはユウナの声。

ジークは咄嗟《とっさ》に彼女《かのじょ》に応じ、使用しようとしていた魔法を取りやめる。

その直後。


「下位闇魔《やみま》──」


ミハエルの大規模錬成《れんせい》。そこから這《は》い出たのは、大蛇《だいじゃ》の様な獄炎《ごくえん》。

それはフロアの至る所から無数に現れ、のたうち回る。

その度《たび》に、放電など話にならないほどの破壊が巻き起こっていく。


獄炎のせいで、どんどん崩《くず》れてくる天井。

聞こえてくる住民の悲鳴。

パニックに陥《おちい》っている様子の冒険者達。

だがしかし、それもそう長くは続かなかった。

その理由は簡単。

ジークは「おほん」っと、咳払《せきばら》い一つしたのち、大きく息を吐《は》く。

そして――。

吸った。


暴《あば》れ狂《くる》っている獄炎目がけ、それはもう大きく息を吸った。

すると、ジークの口にどんどん吸い込まれてくる獄炎。

やがてそれは――。

「あんなにすごかった炎が、全部消えちゃった！」

「余波で落ちてきていた瓦礫《がれき》までも……っ、いったいこれは」

と、驚いた様子のユウナとアハト。

ジークがしたことは簡単――。

「あ、ありがとう！」

と、ジークの思考を断ち切るように聞こえてくる住民の声。

見れば、住民達がジークの方へと集まって来ていた。

彼等はなんともむず痒《がゆ》くなる視線をジークに向けてくると、そのまま言ってくる。

「あんたのおかげだ！　儂等《わしら》はみんな死を覚悟《かくご》したのに、あんたは助けてくれた！」

「別に大したことじゃない」

「いや、大したことさ。英雄《えいゆう》だよ……あんたこそが勇者。ミハエルなんかと違う、本物の勇者だよ！」

「やめてくれ……さすがに寒気がする。それに、俺は約束を守っただけだ」

「約束？　それはいったい――」

「お前達を最初に助けようとしたのは……俺を動かしたのは」

言って、ジークはアハトへと視線を向ける。

すると、彼女はあわあわしたのち、視線をぷいっと逸《そ》らしてしまう。

きっと、照れているに違いない。

だがしかし、住民達もバカではないのだ――そんな事をしても気がつく。

「そうだ、あんただ！」

「あの子があたし達にきっかけをくれたんだよ！」

「女神《めがみ》だ……救いの女神。私達を解放してくれた！」

直後、住民達は「女神女神」と口々に発し、アハトに群がっていく。

彼女は困り顔だが、その裏には喜びがはっきりと見える。

（アハトの単独行動は決して褒められたことじゃない）

だが、彼女が『人々を助けたい』と思った気持ちは、尊くとても美しいものだ。

かつてミアを通して、ジークが見たもの――本来、勇者が持たなければならないもの。

アハトに後で言いたいことが山ほどあるが、今横から何か言うのは無粋《ぶすい》に違いない。

などなど、ジークがそんな事を考えていると。


「おいてめぇ！　どうして、俺達を助けやがった⁉」


聞こえてくるのは、冒険者達の声だ。

彼等は少し離《はな》れた位置から、ジークを睨《にら》み付けながら言葉を続けてくる。

「俺達はてめぇの敵のはずだ！　なのにどうして助けた⁉　俺達を舐《な》めてるのか⁉」

「そうだな。舐めてるか、舐めてないかで言ったら……舐めてるな」

「っ……ぶっ殺してやる！」

「拾った命を捨てるとは、とことん現代の冒険者はクズでバカだな」

「黙――」

「待って！」

と、ジークと冒険者達の間に割って入ってくるユウナ。

彼女は何故《なぜ》か、ジークに礼と詫《わ》びを入れてきた後、冒険者達へと言う。

「お願い。もしできるのなら……心を入れ替《か》えて」

「あぁ⁉ なんだてめぇ……は。いや……たしか、てめぇは魔王野郎《まおうやろう》に『俺《おれ》達を助けろ』って言ってた女」

「あなた達はミハエルさんを見て来て、どう思ったの？」

「どうって……」

「住民達に酷《ひど》い事して、攻撃《こうげき》に仲間を巻き込んでも知らんぷり。それに、逃げる時には仲間を捨てるように犠牲《ぎせい》にする」

「か、金を……そうだ。そうだ！ 俺達は金を貰《もら》えれば、なんでもやる！」

と、まるで迷いを振り切る様に言う冒険者達。

ユウナはそんな彼等へと言う。

「そんなの……嘘《うそ》だよ。あたしは見てたよ——ミハエルさんに、他の冒険者さん達が怪物《かいぶつ》に変えられた時……あなた達が、とても悔しそうな顔をしたの」

「…………」

「中にはとても悲しそうな顔をしている人も居た」

「俺達は——」

「そんな人達が、お金のためなら何でもするなんて……絶対に嘘だよ」

言って、さらに冒険者達へと近づいていくユウナ。

彼女は冒険者達の一人――彼の手を取るとそのまま言葉を続ける。

「お願い、自分をそんなに貶《おとし》めないで。あなた達の中にある正義の心から、目を逸らしたりしないで……あなた達は、本当は優しい冒険者なんだから」


時はあれから少し後。

場所はアルスの街――広場。

「お前達はもう自由だ、好きにするといい。俺が居る以上、ここで暮らそうと逃げ出そうと――もうミハエルがお前達に手を出すことはありえない」

「ありがとうございます、本当に感謝をします」

と、言ってくる住民達。

そして、その周囲を守るように立っているのは。

「おう！　安心しろよ！　罪滅《つみほろ》ぼしの意味も込めて、てめぇらアルスの住民は俺達が守ってやるからよ！」

調子よくからから笑っている冒険者達だ。

彼等はユウナへと向きなおると、順に彼女へと言う。

「ユウナちゃん！　俺、しっかり心を入れ替えて正義を為《な》すよ！」

「俺も俺も！　これからはちゃんと、まともなクエスト受けて金を稼《かせ》ぐぜ！」

「ってかさ、ジークさん達がミハエル倒したら、俺達でまっとうな冒険者ギルドを作り直さねぇ⁉」

「あ、それな！　今のままだと、クエスト依頼料《いらいりょう》高すぎて、住民のためにならねぇ！」

「ぎゃはははははははっ！　ちげぇねぇ！」

本物のバカなのか何なのか。

とても都合よく笑っている冒険者達。

ジークとしてはあまり信用できたものではい……が。

「わぁ～！　ありがとう、みんな！　あたし、みんなの事を信じてよかったよ！」

言って、祈《いの》る様なポーズをしているユウナ。

まぁ、冒険者を助けて欲《ほ》しいと言ったのはユウナだ。

であるなら、冒険者の命もユウナのもの。

（俺が後から口出しする道理はないな。それに、ユウナが楽しそうな所を見ていると、不

思議とこれでよかった気になって来る）

などなど、ジークがそんな事を考えていると。

くいくいっと引かれるジークの服。

見ればそこに居たのは――。

「まおう様……そろそろアハトが限界そう」

「そうですね。私が見た感じ、精神的にもそうとうまいってますよ、あれ」

首をかしげながら言ってくるブランと、それに続くアイリスだ。

当のアハトは住民達のお礼を聞いたりで、にこにこ幸せそうにしている。

けれど、ブランとアイリス達の言う通り――その表情はどこか生気にかける。

（本当に無粋だとおもうけど、頃合《ころあ》いを見てアハトを連れ出すか）

明日はミハエルに招待もされている。

要するに、いい加減ミハエルを潰《つぶ》す頃合いでもある。

となれば当然、アハトも付いてくるに違《ちが》いない。

（さすがにしっかり回復してもらわないとな――俺と戦った時みたいに、いきなり倒れられたら危ない）

ジークはそんな事を考えた後、アハトの方へと歩いて行くのだった。

第六章　百合《ゆり》の花

時はアハトを助けた夜。

場所はアルスの廃屋《はいおく》――とある一室。

現在、件のアハトはユウナの魔法で服を修復された後、別部屋で絶賛ダウン中。


「ん……まおう様。アハトを一人にしていいの？」

と、ジークの袖《そで》をくいくいして言ってくるのは、ジトっとした表情のブランだ。

彼女はひょこりと首をかしげると、そのままジークへと言葉を続けてくる。

「いい人間は助けたけど、ミハエルがまだ残ってる……アハト、また突撃《とつげき》しない？」

「まぁ、大丈夫だろ。今回は『明日までに復調させないと、ミハエルとの決戦に置いていく』って、割と強めに言ってあるし」

「ん……まおう様、すごい真面目《まじめ》な顔をしてた。怖《こわ》かったけど……アハトに対するやさしさを感じた」

「それにあと一つ、ダメ押しもしてあるしな」

「気になる……ドキドキ」

と、そんな事を言ってくるブラン。

正直、おもしろい事でもなんでもない。

実は先ほど、ジークとユウナで協力して、アハトを回復させていたのだ。

そして、その時の会話こそがダメ押し——そのジークとアハトの会話は、こんな感じだ。

『これでお前の身体は、体力含《ふく》め翌朝くらいにちょうど完治だ。だけど、お前はポンコツ猪《いのしし》思考だから、また一人で突撃しないか心配だよ』

『なっ⁉　お、おまえ！　わたしをバカにするのですか⁉』

『いや、だって……なぁ』

『なんですか、その顔は⁉　わたしを舐めないでください！　わたしは、絶対におまえの思い通りになんてなりません！』

要するに、ジークはアハトをめちゃくちゃ挑発《ちょうはつ》した。

そしてジークはあの時、同時に思ったのだ。

（アハトのやつが、すごく単純で本当に助かった）

などなど。

ジークはそんな事を考え、それをブランへと言おうと――。

「でもでも、ミハエルの奴《やつ》の方は大丈夫なんですか？」

と、ジークの思考を断《た》ち切るように、聞こえてくるのはアイリスの声だ。

彼女は悪魔《あくま》尻尾《しっぽ》をクエスチョンマークにしながら、ジークへと言ってくる。

「ミハエルってぶっちゃけ、いつでも逃げられるじゃないですか！　実は『明日城に来い』ってのはブラフで、今頃《いまごろに》逃げる準備してるかもしれませんよ？」

「それはまぁ……正直、俺も少し考えた。あいつは勇者の面汚《つらよご》し――勇者ミアが絶対にしないような事を、平気でしてくるからな」

「ですよね！　ふふふっ……どうやら、魔王《まおう》様と私は同じ思考回路！　いわゆる相思相愛のようで――」

「ただ、これに関しては心配ないだろ。ミハエルは確実に逃げたりしない」

「はて、それはどうしてですか？」

言って、ひょこりと首をかしげてくるアイリス。

ジークはアイリスへと、その理由を語っていく。

それをまとめると、こんな感じだ。


一つは、ミハエルが本気で『準備を整えればジークに勝てる』と信じている様子なこと。

正直、これが一番大きいのだが。

人間だれしも、絶対に勝てると思っている相手から逃げたりはしないに違いない。

もう一つは、ミハエルの城にある研究資料だ。

ミハエルは逃げる時に、ジークへとこんな事を言っていた。

『こういう事もあろうかとね、爆破錬成陣を仕込んであるんですよ。施設《しせつ》を破壊するのはもったいないですけど、城に研究資料は揃っている』

これすなわち裏を返せば、城の研究資料はミハエルも惜《お》しいという事だ。


「とまぁ、こんな状況《じょうきょう》で逃げると思うか？」

「た、確かに！　言われてみればそうですね！」

と、わざとっぽい様子で驚《おどろ》くアイリス。

彼女はそのまま、ジークへと言葉を続けてくる。

「さすが魔王様です！　その観察眼――なにもかもお見通しというわけですね！」

「いや、俺にもわからない事はある。だけどまぁ、今回のミハエルに関してはお見通しだったな……あいつは行動が単純すぎる」

「あは♪　錬金術師《れんきんじゅつし》の頭いいキャラなのに、単純とか！　くっそダサいですね！　まぁ、魔王様が凄すぎる結果、ミハエルが単純に見えてるだけかもしれませんけど！」

言って、ジークの自慢《じまん》を自慢げな様子でしてくるアイリス。

彼女は突如《とつじょ》、悪魔尻尾をピコんっと立てると、そのままジークへと言ってくる。

「『凄い』で思い出しましたけど、魔王様！　ちょっとあれ、すっごいじゃないですか！」

「いきなりだな……いったい何のことだ？」

「そんなの決まってるじゃないですか！　さっき、地下実験施設であったことですよ――すっごい炎《ほのお》と、落ちて来た瓦礫を一息で飲んじゃったじゃないですか！」

「あぁ、それな……あれ、そんなにすごいか？」

炎にかんしては、ジーク的にちょっと熱い場所……。

温度低めのサウナとかで、思い切り深呼吸をしたのと変わらないレベルだ。

後者にかんしては、煎餅《せんべい》を噛《か》んでから飲みこんだ程度だ。

やはり、何が凄いのかわから――。

「あぁもう！　魔王様以外がやったら、あんなの喉《のど》が焼けるどころか、肺もすごい事になって死んじゃいますよ⁉」

と、ジークの思考を絶ち切るように聞こえてくるアイリスの声。

彼女は興奮した様子で、ジークへと言葉を続けてくる。

「瓦礫もそうです！　というか、思ったんですけど――そもそも、普通《ふつう》の魔物は息を吸っただけで、あのレベルの炎を吸い込めたり、瓦礫を撤去《てっきょ》できたりしませんよ！」

「それは……難儀《なんぎ》だな」

「だから、魔王様が規格外ですごいだけですってば！　あぁもう……そこに痺《しび》れる憧《あこが》れる！　さっすが魔王様ですよ！」

と、悪魔尻尾をふりふりアイリスさん。

なにはともあれ、彼女が楽しそうでよかった。

などなど、ジークがそんな事を考えていると。

「確かにそれもすごいけど。ジークくんの一番凄い所は、そこじゃないと思うな！」

空間を裂《さ》くように、聞こえてくるのはユウナさんの声。

わかる――絶対にアイリスへの対抗心《たいこうしん》も混じっているユウナさんボイスだ！

「まずジークくんさ。最初に下位闇魔法《やみまほう》《シャドーフレア》を使ったよね？」

「あ、あぁ……使ったな。地下実験施設に侵入《しんにゅう》するため、地面を爆発した時だろ？」

「そう！　あの時さ――ジークくん、アイリスさんに言ってちゃんと人払《ひとばら》いしてくれたよね？　あれって、周りの人を傷つけないようにしてくれたんでしょ？」

「う、ぐっ」

「あと、まだまだあるよ！」

と、瞳《ひとみ》をきらきらユウナさん。

彼女はお祈りポーズで、ジークへとさらに言葉を続けてくる。

「地下実験施設での最後――爆発が起こったときに、住民だけでなく冒険者達も助けてくれたよね？」

「いや、それはユウナの勘違《かんちが》いだ」

「でも、あたしが『冒険者達も助けて』って言ったら、ジークくんはしっかり、冒険者達も助けてくれたよね？」

「そこが違う。あれは結果的に『冒険者を助けるような、選択肢《せんたくし》を取った様に見えただけ』で、実際は微塵《みじん》も助けようとしてなんて――」

「ん……嘘」


と、ジークの言葉を断ち切り聞こえてくるのは、ブランの声。

そんな彼女はジトっとした様子で、ユウナへと言う。

「ブランはまおう様の配下……でも、ユウナを守る守護竜でもある」

「え、えっと、ブランさん？」

「ん……ユウナは今、まおう様に騙《だま》されようとしている」

「それって、どういうこと!?」

「ブランは魔法使《まほうつか》いだから、魔力《まりょく》の流れくらいはわかる」

ま、まさかブラン――あれを言う気ではなかろうな。

と、ジークがドキドキしていると。

「まおう様はユウナに『冒険者も助けて』って言われた瞬間《しゅんかん》……ん、使おうとしてた魔法を止めた」

そんな事を言ってくれるブランさん。

要するにこれはアレだ——終わった。

「それって、本当⁉　つまり、ジークくんは冒険者を助ける為《ため》に、しっかりと行動してくれたってことだよね⁉」

と、はしゃいだ様子のユウナ。

ブランはジトっとした様子で、そんな彼女へと淡々《たんたん》と言う。

「ん……本当。まおう様、最初は冒険者ごと魔法で地下実験施設の錬成陣を吹っ飛ばそうとしてた……でも、ユウナに言われたからやめてた」

「やっぱり、ジークくんはとっても優《やさ》しくて、立派な人なんだね！」

「まおう様は立派……ブランもまおう様みたいに、優しくなりたい」

「じゃあ、一緒《いっしょ》にジークくんを目標に頑張《がんば》っちゃおうか？」

「ん……ブラン、ユウナと一緒に頑張る！」

えいえい、おー！。

と、何やら騒《さわ》いでいるユウナとブラン。

ブランはともかく、真の勇者であるユウナ。

（あいつに目標にするとか言われるのは、なんだか複雑というか）

すごく照れくさいし、恥ずかしい！

けれど、不思議と悪い気はしない。

（むしろ、どうしてか心地《ここち》の好《よ》さを感じるな）

などなど、ジークがそんな事を考えていた……まさにその時。

事件は起きた。


「ところでブランさん。アハトさんを助けに行く前――あたしが部屋に呼びに行った時、ジークくんとアイリスさんと一緒に、何をしてたのかな？」

と、そんな事を言うユウナ。

そういえば、三人でイタしていたところを、彼女に見られていたのだった。

アハトの件があったので、すっかり忘れていた。

「ねぇねぇ、ブランさん。あたしの守護竜なら、何してたのか教えてくれるよね？」

「…………」

能面のような笑顔《えがお》のユウナと、口を三角にしぷるぷるしているブラン。

その緊張《きんちょう》は長く続くかと思われたが。

「あ、アイリス」

と、そっぽを向いて言うブラン。

彼女はそのまま誰にともなく、言葉を続ける。

「ん……あ、アイリスが知ってる。全部アイリスのせい……ぶ、ブランは知らない」

「ちょっとぉ！　私のせいにしないでくださいよ！　ブランが一番楽しんでたじゃ——」

と、ブランへと突っ込むアイリス。

しかし、その言葉は途中《とちゅう》で止まる——その理由は簡単だ。

「へぇ……アイリスさんなんだ。あたしが頑張って、アハトさんの為に回復させてた時に……ジークくんとブランさんと三人で、いったい何をしていたのかな？」

凄《すさ》まじい圧を放つユウナ。

ジークはアイリスを弁護しようとするが——。

「あ、ジークくんは大丈夫《だいじょうぶ》！　だって、ジークくんは優しいから、仕方なくだもんね？」

と、そんな事を言ってくるユウナに、言葉を封殺《ふうさつ》されてしまう。

さてさて、ユウナはそんな調子で、アイリスへと言う。

「で、いったいどんな事をしてたの？」

「う……そ、それは……」

「すっごく大事な事をしていたんだよね？」

「あ、あは♪　ユウナってば、ひょっとして焼きもちを――」

「そう、焼きもちだよ！　あたしをのけ者にして、三人で何してたの？」

「ちょ――が、がくがくしないでくださ――え、えぇい！」

ばっとユウナを振《ふ》り払《はら》い、彼女から距離《きょり》をとるアイリス。

そんなアイリスは部屋の扉《とびら》の辺りまで撤退《てったい》すると。

「何をしていたのか知りたいのなら、教えてあげますよ！　最強の淫魔《いんま》――アイリスのやり方でね！」

と、悪魔尻尾をハートマークにしながら言うアイリス。

彼女はユウナとブランを指さしながら――。

「くらえ！　発情ビィイイいいイイイイイム――びびびびびびびびっ！」

直後、アイリスの指から飛び出したのは、ピンク色のハートビームだ。

きっと、アイリスの精神操作魔法に違いない。

などなど、ジークがそんな事を考えていると。

「な、なにこれ!?」

「ん……突然《とつぜん》すぎて、避《よ》けられなかった」

と、ユウナとブランの声が聞こえてくる。

当のアイリスさんは、そんな彼女達《かのじょたち》にニッコリ笑顔で言う。

「あは♪　それでは私は部屋の外から、覗《のぞ》き見《み》プレイを楽しませてもらいますね！」

「アイリスさん、話はまだ——っていうか、今あたし達に何、を……は、れ？」

「か、身体《からだ》が、なんだか……んっ、変？」

部屋から消えたアイリス（もっとも、鍵穴《かぎあな》からがっつり視線を感じるが）。

残されたのは、身体を上気させもじもじしているユウナとブラン。

そして、ジークがやれやれ……と、現状況に頭を悩《なや》ませていると。


「じ、ジークくん……あ、あたし……なん、だか——身体が、熱くて」

「ん、ブラン……も」


と、なにやら服を次々に脱《ぬ》ぎ始めるとユウナとブラン。

彼女達はあっという間に、全裸《ぜんら》になっていた。

「なん、でかな……身体、まだ暑くて——っ」

「ぶ、ブラン……も、なんだかっ。だ、だめ……我慢《がまん》……でき、ない――っ」

聞こえてくるのは、そんなユウナとブランの声。

彼女達は互《たが》いに言葉を続ける。

「きゃ――っ⁉　ぶ、ブランさん……ど、どうして……抱きしめてくるの？」

「わ、わからない……で、でも、ユウナときゅってしたくなった……それで、その」

「ジークくんに、見て欲しい……だよね？」

「ん……そ、そう。ブランとユウナがするとこ……見て――っ。まおう、さまぁ」

「あたしも……っ。ブランさんとするとこ……ジークくんに、見て欲しい……な？」

これはアレだ。

アイリスさん。見事にユウナとブランを、発情させていってくれた。

高位の淫魔であるアイリス。彼女の本気の発情ビーム（命名アイリス）だ。

こうなると、性欲を解消する以外に簡単な解除方法はないに違いない。

などなど、ジークがそんな事を考えている間にも。

「ぶら、ん……さ――んっ」

「ゆ、うな……っ」

と、聞こえてくるのは興奮した様子のユウナとブランの声だ。

彼女達はしばらく、うっとりした様子で互いの顔を見つめ合っている。

けれど、そんな静寂《せいじゃく》も長くは続かなかった。


「ん……っ」

先に動いたのは、いつもは性知識に乏《とぼ》しいブランだ。

きっとアイリスの魔法もあり、今日の彼女は性に積極的になっているに違いない。

彼女はまるで雛鳥《ひなどり》が親鳥から餌《えさ》をもらうときの様に、ユウナの唇《くちびる》を食《は》んでいる。

「ん……っ、ちゅぅ」

と、何度も何度もユウナの唇を食み、同時ユウナをベッドへと押し倒すブラン。

そうしているうちに、ユウナも我慢が出来なくなったに違いない。

「ぁ……んむっ」

と、今度はユウナがブランの唇を食む。

そこからは、攻守《こうしゅ》など関係がなくなった。

ユウナとブランの二人は、互いに互いの唇を求めるように――。

「んっ、ん……っ」

「んちゅ……っ」

「ん、ふ……っ」

「あ……っ、むぅ」

と、激しく何度もキスを交《か》わす。

やがて彼女達は満足したに違いない。

ブランはぽ～～っとした様子の瞳をユウナへと向け、そのまま彼女へと言う。

「ユウナぁ。ブラン……ユウナの守護竜《りゅう》なの、に……ユウナの事……ん、このままだとっ、ユウナの事を襲《おそ》っちゃい、そうっ」

「ブランさん、とっても辛《つら》そう……」

「ん……っ、なんだか、身体が熱くて……ここも、ジンジンっ、する」

言って、ブランが視線を向けた先――そこにあったのは彼女自身の胸の先端《せんたん》だ。

ブランのそこは普段《ふだん》よりぷっくり膨《ふく》れ上がり、自己主張をしている。

要するに今のブランは、完全に発情しきった状態に違いない。

などなど、ジークがそんな事を考えている間にも。

「いい、よ?」

と、聞こえてくるのは、未《いま》だブランに押し倒されているユウナの声だ。

彼女はまるで聖母の様な笑顔で、ブランへと言葉を続ける。

「ブランさんは、あたしの守護竜なんだよね？」

「ん……そ、うっ。だけど、今……ブラン、ユウナの事をっ」

「いいよ、ブランさんの好きにして――わたしも……んっ、限界だ、しっ」

と、言ったのと同時、聖母から一転、とても淫乱《いんらん》そうな笑《え》みを浮《う》かべるユウナ。

その直後。


触《ふ》れあうピンクのサクランボ。

互いを圧するかのように、ぶつかりあう乳房《ちぶさ》。


要するにそう――ブランが、ユウナの胸に自らの胸を押し当てたのだ。

けれど当然、ただ押し当てただけではない。

「ゆ、なぁ……ぶら、ん――なん、だか……切な、いっ」

と、まるで何かから逃《に》げるかのように、必死な様子で身体を動かすブラン。

彼女《かのじょ》は自らのサクランボを、ユウナのそれへと何度も擦《こす》りつけているのだ。

それこそまるで、乳房の交尾《こうび》――サクランボでキスをしているかのように。

そして、その度に聞こえてくるのは。

「んぁ……ぶら、ん…さ――っ」

「か、らだ……変っ。ゆう、な……助け、てっ」

二人の淫《みだ》らで穢《けが》れた美しい乙女《おとめ》――ユウナとブランの声だ。

そんなユウナとブランは、互いの手を絡《から》め合い、サクランボ同士を擦り合いながら――。

「いつも……っ、あたしの事を守ってくれて……ありが――んっ」

「ん……ちゅ」

「ん、むぅ……んちゅ――ぷはっ。急にキス、したら……恥《は》ずかしい、よっ」

「でも、まおう様にその、恥ずかしいの……っ、見られるの、興奮するっ」

「ま、おう――じーく、くん?」

「ん……っ、そう」

直後、ジークに向けられてくるのは、そんなユウナとブランの視線。

彼女達のその瞳は、とてもトロンとしており、どうみても正気でないのがわかる。

要するに、アイリスの発情魔法も相成って、すっかり性的に出来上がっているのだ。

そんな彼女達が男であるジークを意識すれば、いったいどうなるのか。

考えるまでもない。

「ジーク、くん……っ。あ、あたし……あたしっ」

「ブランも……もうっ、変になりそうっ」

はぁはぁと、息荒《あら》い様子のユウナとブラン。

彼女達は淫らに尻《しり》をふりふり、淫蜜《いんみつ》を溢《あふ》れださせながら、ジークへと続けてくる。

「お、ねがい――来て、あたし……ジークくんに、滅茶苦茶《めちゃくちゃ》に――された、いっ」

「ん……っ、まお、さまぁ……ブランのここ、乳首《ちくび》よりも……切な、いっ」

ふりふり。

くちゅくちゅ。

ジークの目の前で揺《ゆ》れ動くユウナとブランの尻。

彼女達の指が動くと同時、彼女達の下の口から溢れだし、鳴り響《ひび》く淫水音。

つまりジークは今、誘《さそ》われているのだ。

（ここまで誘われて、無関心を決め込む程《ほど》に俺は間抜《まぬ》けじゃない。それに、ユウナとブランの誘いに乗った方がいい理由もある）

それは少し前にも言ったが、アイリスの発情ビーム関連だ。

彼女達の求めるままに、彼女達を満足させる。

それこそが、発情ビームを解除する最短手段なのだ。

と、ジークがそんな事を考えている間にも。

「ジーク、くんっ」

「まおう様、ブランのここに……きてっ」

聞こえてくるのは、大きくM字に足を開いたユウナの声。

そして、その上に重なるように、四《よ》つん這《ば》いになっているブランの声。

「………」

ジークは魔王だ。

配下が同時にジークを求めている以上、順番に満足させるなんてせこい真似《まね》はしない。

魔王には魔王のやり方があるのだ。

考えた後、ジークは重なり絡み合うユウナとブランを見る。

ぶつかり、押しつぶされ合っている乳房と乳房。

鼻先がくっつきそうな距離の、二人の顔。

そして——二人の下のお口は、擦り合わさるように重なっている。

まるで、貝と貝が貝合わせしているかのように。

「っ！」

見えたのはジークが狙《ねら》うべき場所。

一筋の光明。

彼《かれ》は自らの分身である王子様を取り出し、ゆっくりユウナ達の下へと歩いて行く。

そして視線を向けるは、重なり合っているユウナとブランの下の口。

それ故《ゆえ》に出来た第三の下の口――いわゆる『下の口』と『下の口』の接地面。

彼女達の分身ともいえるそこに、ジークは己の分身である王子様を――。

一気に突っ込んだ。


直後、感じたのは乙女たちの聖域を汚《けが》す背徳感。

それと同時に感じる、なんともいえない征服《せいふく》感。

同時――。


「「～～～～～～～～～～～～～～～～～～～～～～っ！」」

重なって聞こえてくる、ユウナとブランの声にもならない様子の嬌声《きょうせい》。

二人の下の口からは、とめどなく淫蜜が溢れだしている。

そんな二人の身体が小刻みに揺れている事から、達してしまった事が分かる。

けれど、当然まだ終わりにはしない。
なんせ、ジークを誘ったのは二人の方なのだから。
ぱんっ、ぱんっ、ぱんっ!
ぱんっ、ぱんっ、ぱんっ、ぱんっ!
ジークはユウナとブランの間へと、何度も何度も王子様を挿入《そうにゅう》していく。
そして、その度に聞こえてくるのは。
「ん、ぁ……ジーク、くんの——っ、あたしと、ブランさんとの間で、擦れ——っ」
「まお、さまぁ……っ、ブラン——身体、どんどん熱くっ」
聞こえてくるユウナとアイリスの声。
彼女達はきっと、より強い快感を求めているに違いない。
二人は互いにより絡みつく事により、下の口同士をさらに押し付け合う。
結果、上下から——まるで食いつかれるように、圧迫《あっぱく》される王子様。
何度も言うが、ジークは魔王。
であるならば、魔王の王子様だって負けてはいられないのだ。
ぱんっ!　ぱんっ!
ぱんっ!　ぱんっ!　ぱんっ!

ジークはより強く、激しく王子様を挿入。

「あ、んっ⁉」

「ぶらん……溶《と》けちゃ、うっ」

聞こえてくるそんなユウナとブランの声。

同時、どんどんぬらぬら濡《ぬ》れていく王子様。

それすなわち、二人がより深く感じている証だ。

そうこうしている間にも。

「ジークくんに……っ、犯《おか》されてるブラン、さん――かわ、いっ」

「んぁ……っ、ゆ、うなも――っ、とっても綺麗《きれい》で、すきっ」

聞こえてくるのは、そんなユウナとブランの声。

二人は大事な場所をジークに犯されながら、まるで互いを求めるようにキスをし始める。

そして、そんな二人はそのまま互いに言葉を続ける。

「んっ、んっ――ちゅっ……ぶらん――さっ」

「んちゅ……ゆ、なぁっ――ゆう、な――んぁ⁉」

ぱんっ！　ぱんっ！

ぱんっ！　ぱんっ！　ぱんっ！

「ブランさん――顔、んっ……真っ赤で、とっても……ぁ、エッチっ」

「ユウナも……っ、ゆう――んきゅっ。っ……ユウナ、も……幸せ、そっ」

ぱんっ！　ぱんっ！

ぱんっ！　ぱんっ！　ぱんっ！

「は、んぁ⁉　も、う……あ、あたし――っ」

「ブラン、も――っ、もう我慢……できなっ」

王子様が与《あた》える快楽に犯されながら。

なんとかといった様子で互いに言葉をかけあうのは、そんなユウナとブラン。

その様子は健気《けなげ》でとても愛らしいものだったが、そろそろ限界に違《ちが》いない。

「じーく、くん……おね、がい――もぅ……あたしの事――っ」

「ぶらん、も――っ。ブランも……まおう、様にっ。滅茶苦茶に――んぁ⁉」

と、互いに抱《だ》きしめあうように、身体をふるふるさせているユウナとブラン。

ジークはそんな二人へと、一度だけ頷《うなず》く。

そして、彼は両手でブランの腰《こし》をガッチリホールド。

「んきゅっ⁉」
と、触れただけでわずかに達した様子のブラン。
相変わらず、なかなかの感じやすさだ。
けれど、今はそんな彼女にばかり、気を遣《つか》っているわけにはいかない。
ジークはブランだけでなく――。
「じーく、くん……す、き――あたし、ジークくんのが、欲《ほ》しい、よ」
と、潤《うる》んだ瞳で言ってくるユウナ。
ジークは彼女の事も、しっかりと満足させなければならないのだから。
故に、彼は思い切り腰を引く。
これがラスト。
魔王と王子様による、至高の一撃《いちげき》。
ジークはユウナとブランの下の口。その間へと、王子様を撃《う》ち込む。
そして、王子様から発射される白濁液《はくだくえき》。
同時――。

「「～～～～～～～～～～～～～～～～～～～～～～～～～～～～～～～～～～～～～っ！」」

再び上がる、ユウナとブランの声にならない様子の嬌声。

何かから逃《のが》れるように、必死な様子で抱き合う二人。

そんな二人は身体を激しく揺らしながら、ぴゅっぴゅと愛らしく淫蜜を吹《ふ》く。


やがて、ユウナとブランの激しい身体の揺れが収まった頃《ころ》。

「……っ」

「……んぁ」

と、未だ少しだけ身体をぴくぴくさせているユウナとブラン。

彼女達はへたりと力なく重なり合い、今にも眠《ねむ》ってしまいそうだ。

けれど、そんな彼女達はジークへと言ってくるのだった。

「ジークくん……好き、だよ」

「まおう様……ずっと一緒に、居たい」

そうして、彼女達は動かなくなる。

最後の力でジークに言葉を発した後、限界が来て眠ってしまったに違いない。

本当に愛《いと》おしい少女達だ。

ジークはそんな二人を撫《な》でた後、毛布を掛《か》けてやるのだった。

余談だが。

部屋の外へと通じる鍵穴。

そこからは、それからもしばらく、アイリスの嬌声が聞こえてきていたのだった。

第七章　魔王《まおう》は殴《なぐ》りこむ

時は翌日——昼少し前。
場所はアルスの街——ミハエルの城へと続く道。
現在——。

「これからミハエルを倒しに行くんだろ？　頑張れ！　俺《おれ》はあんた達《たち》を応援《おうえん》してる！」

「あたしもよ！　あなた達ならミハエルを絶対に倒せるわ！」

「きみらは娘《むすめ》を救ってくれた英雄《えいゆう》だ！　ミハエルなんかに負けるな！」

「あとで酒場に来てくれ！　美味《うま》いもんをたらふく食わせてやる！」

「全部終わったら、銅像を建てるよ！　おまえさん達の銅像だ！」

と、聞こえてくるのは昨日救った人々や、その家族たちの声だ。

ジークがチラリと道の左右を見ただけでも、その数はかなり居る。

こうまで応援してくれると、正直ジークとしても嬉《うれ》しい。

けれど、ここまでくると『ミハエルの不人気』具合に笑ってしまう。

（まぁ、あれだけの事をしているんだから、当然といえば当然か）

エミールもそうだが、やはり奴等《やつら》現代の勇者は早々に潰《つぶ》す必要がある。

人々から応援されないどころか、恐怖《きょうふ》される勇者など、絶対に勇者ではない。

まさに勇者の面汚《つらよご》し、ミアへの冒涜《ぼうとく》だ。

などなど、ジークがそんな事を考えていると。

「ユウナちゃん！　俺達も応援してるよ！」

「俺、昨日さっそく人助けしたんだ！　これからも頑張るから、ユウナちゃんも頑張れ！」

「正直、ミハエルの野郎《やろう》は気に喰《く》わなかったからな！　ぶっ潰しちまえ！」

「危なくなったら呼んでくれよ！　ユウナちゃんのためなら俺、なんでもするよ！」

「おい魔王野郎《やろう》！　ユウナちゃんをしっかり守れよ！」

聞こえてくるのは、元ミハエルの配下である冒険者《ぼうけんしゃ》達の声だ。

彼等は各々《おのおの》ユウナへと手をふり、必死な様子で存在をアピールしている。

（昨日も薄々《うすうす》思ってたけど、こいつら単純だな）

おおかた、ユウナに手を握《にぎ》られて諭《さと》された結果。

冒険者の中では、『ユウナ＝清く正しい女神様《めがみさま》』みたいな式が出来たに違いない。

とはいえ、恐《おそ》ろしきはユウナだ。

「えへへ、頑張るね！」


と、無垢《むく》な笑顔で手を振《ふ》り返しているユウナ。

その度に、冒険者達から凄まじい歓声《かんせい》があがるのだから。

しかも、彼等の顔はまさしく熱狂《ねっきょう》といった様子。

それこそユウナが頼《たの》めば、どんな戦いでも平気で向かっていきそうなレベルだ。

（これもある意味、勇者の資質か。勇者は本来、周囲の人間に勇気を与える役目も担《にな》うからな）

もっとも、かつてのミアが『人に戦いを強制しなかった』様に。

確実にユウナも、そんなことは強制させないに違いないが。

（どちらかというとユウナは、断っても勝手に仲間が集まって来て、勝手に戦い始めるタイプだろうな、実際、ミアがそんな感じだったか――）


くいくい。

くいくいくい。

と、ジークの思考を断《た》ち切るように、引かれるジークの服。

この呼び方は、きっとブランに違いない。

ジークはそんな事を考えた後、服が引かれた方へと眼をやると。

「その、本当におまえを――おまえ達を付き合わせて、よかったのですか？」

そこに居たのは意外や意外、申し訳なさそうな様子のアハトだ。

彼女はそのままの様子で、ジークへと言葉を続けてくる。

「今朝、おまえから『もう事の中心はおまえ』だと、その理屈《りくつ》は聞きました。しかし、少し考えてみたのですが、やはりそれは屁理屈《へりくつ》で――」

「アハトは本当にポンコツだな」

「な――っ！　お、おまえはまたわたしをバカにするのですか！」

「自分にとって都合がいい所は、いちいち追及《ついきゅう》しないで、話に乗ればいいんだよ」

「つまり、どういうことですか？」

「世の中には気がつかない方が、得することもある――そういう部分で、あえてバカになれってことだ。俺達がミハエル討伐《とうばつ》に付き合うのは、お前にとっても得だろ？」

「それは、そうですが……っ！　おまえ！　それはつまり、今朝言ったことは屁理屈――」

「それと、言ってなかったが俺にも、ミハエルを許せない理由はある」

言って、ジークはアハトの言葉を途中で断ち切る。

そして、彼は手短に要点をまとめて、アハトへと語る。

内容は三つ。


一つ。

ジークとミアは魔王と勇者。

当然、敵同士であり、何度も何度も命のやり取りをした。

最終的にジークは負けたが、ミアの事を誰《だれ》よりも認めているという事。


二つ。

ジークは勇者との再戦を――ミアの子孫との再戦を夢見て、この世界に蘇《よみがえ》った。

しかし、この世界の勇者は堕落《だらく》しきっており、ジークはそれに絶望した事。

また、好敵手たるミアが願っていた『平和』を子孫自ら壊《こわ》している事が許せない事。

三つ。

ジークは戦いの敗者として、ミアの願った世界を実現するため――ミアの面汚しである現代勇者を駆除《くじょ》する計画を立てた事。

そして、ジーク自らの手で『真の勇者』であるユウナを育成、いずれは彼女と最高の戦いをしたいと考えている事――またそのため、勇者の試練を探している事。


時間にして、数分。

ジークがそれをアハトへと、ざっと聞かせ終えると。

「ちょっと待ってください！　おまえが個人的にも、ミハエルを倒したいのはわかりました。ですが……ですが、その」

と、なにやら驚《おどろ》いた様子のアハト。

正直、ジークはそんなに驚かれる事を言ったつもりはない。

ジークが不思議に思っていると――アハトは彼へと言葉を続けてくる。

「ユウナが、真の勇者？」

「あぁ、それか。さっきも言っただろ？　あいつには真の勇者の証である『光の紋章《もんしょう》』が、手の甲《こう》にしっかり刻まれている。俺が断言してやる――あいつは当代の勇者だ」

「そう、ですか。だから、ユウナはおまえ達と共に、旅をしているのですね」

「そういうことだ。もっとも、今のユウナにはまだ力はないけどな」

「わかっています。おまえの話に出た『勇者の試練』を探しているのですね？　そこでユウナの力を覚醒《かくせい》させるために」

「………………」

と、ここでジークは気がついてしまう。

なんとなく、アハトの元気がないのだ。

故に、ジークはそんな彼女へと言う。

「まだ休養が足りなかったか？　俺の見立てだと、心体ともに回復したはずだが」

「いえ、少し自身を戒《いまし》めていました」

「どういうことだ？」

「ユウナは『ただのか弱い少女』と……わたしはかつて、自分の中で勝手に決めつけてしまったのです」

「仮に声に出したとしても、ユウナは気にしないと思うぞ」

「そう、でしょうか？」

「あぁ、絶対にユウナは気にしたりしない。なんなら、直接聞いてみればいい。ただ……

聞くのは今度にしてくれ、もう目的地だ」
言って、ジークは立ち止まり、視線を前へと向ける。
すると見えてくるのは、巨大《きょだい》できらびやかな城――ミハエルとの決戦の場所だ。
(アハトのやつ、ユウナと少し話したそうにしているからな)
そういう意味でも、ミハエルとの一件はさっさと終わらせる必要がある。
ジークはそんな事を考えた後、城の入り口――大扉の前へと進んでいく。
大扉はジークの侵入《しんにゅう》を拒《こば》むように、ぴったりとしまっている。
(仮にも招待したなら、扉は開くべきだと思うけどな)
ジークはそんな事を考えた後、大扉へと――。

蹴《け》りを入れた。

同時、吹っ飛ぶどころか、木端微塵《こっぱみじん》になる大扉。
その後、ジークが仲間を引き連れ、城内に侵入しようとした……まさにその時。
『やぁ、ジークくん！　僕《ぼく》の城にようこそ！』
と、聞こえてくるのはミハエルの声だ。

その声の出どころは――。

「ん……まおう様、お城の入り口。松明《たいまつ》のところ――あそこに何かある」

そんなことを言ってくるブラン。

ジークがそんな彼女が指さす方を見てみると、そこにあったのは。

(なるほど、錬金術《れんきんじゅつ》で作った鉱石か。大方、これと対になる鉱石をミハエルが持っていて
――そこに入力した音を、この鉱石から出力しているといった感じか)

さすが錬金術師、なかなか面白《おもしろ》い事をする。

ミハエルは勇者を名乗るのをやめ、まっとうな錬金術師になった方がイイに違いない。

少なくとも、そこそこは儲《もう》けられるはずだ。

と、ジークがそんな事を考えている間にも。

『さっそくだが、キミを試《ため》してあげようと思ってね！　試練を用意してみたんだ！』

聞こえてくるミハエルの声。

彼はジークへと、さらに言葉を続けてくる。

『いまキミ達の前にある大扉。それはね、僕が幾重《いくえ》もの錬金術で加工したものなんだ。正直、僕自身でも恐ろしいほどの硬度《こうど》を誇《ほこ》っていますよ』

「だからどうした？」

『簡単ですよ、ジーク君。まずその扉《とびら》を破って見てくれないか？　さっきも言った通り、その扉は頑丈《がんじょう》です——それこそ、魔法《まほう》を何発受けても傷一つつかないほどにね』

「そうとう自信があるようだな」

『当たり前ですよ。僕の至高の傑作《けっさく》の一つだ。さて、それじゃあ城の中で待っていますよ——一生壊せない扉を前に、精々惨《みじ》めに頑張《がんば》ってください』

「それは楽しみだ、期待している。もっとも、とっくにその『至高の傑作の扉』とやらは、俺が破壊してあるわけだが……それにかんしては、何か言う事があるか？」

『……は？』

「だから、お前の扉はすでに壊した」

『ぷ、あはははははっ！　まったく、バカは嘘《うそ》ばかり吐《つ》くから手に負えない！　まぁせいぜい、勝手に言っていればいいさ！』

「事実を認められない方が、よっぽど手に負えないと思うが？」

ジークがそう言った直後、反応がなくなる鉱石。

きっと、ミハエルが対となる鉱石の使用を、やめたに違いない。

にしても、これはアレだ。

「ぷはっ！　ちょ――っ、もう限界なんですけど！」

と、聞こえてくるのはアイリスの声だ。

彼女は『ジークが木端微塵にした扉があった場所』を指さし、ジークへと言ってくる。

「至高の傑作（キリ）！　幾重もの錬金術で加工した扉（草）！」

「アイリス、やめてやれ。さすがに可哀想《かわいそう》だ」

「もう魔王様がミハエルと会話してる時、笑いを堪《こら》えるので必死でしたよ！　至高の傑作（キリリッ）って……せめて、魔王様が扉を壊す前に言ってくださいとしか！」

「まぁ、タイミングが悪かったな」

「壊した直後に、壊されたものの強度自慢《じまん》！　おまけに『おまえには絶対に壊せねぇ』アピール！　面白すぎますよ！　道化師《どうけし》として百点！　ミハエルには百点をあげますよ♪」

言って、腹を抱《かか》えながら爆笑《ばくしょう》しているアイリス。

このミハエルをバカにしている具合――アイリスの人間嫌《ぎら》い爆発《ばくはつ》といった感じだ。

もっとも、純粋《じゅんすい》にジークを褒《ほ》めている意味もあるだろうが。

と、そんなアイリスは涙《なみだ》を拭《ふ》きながら、ジークへと言葉を続けてくる。

「いやぁ、笑った笑った！　魔王様の反応にも笑いましたわ――『それは楽しみだ、期待している』って……なんで気を遣《つか》ってるんですか！　ぷはっ！」

「いや、ああまで滑稽《こっけい》だと、さすがに気の毒になってな」

「あぁもう、やっぱり魔王様と一緒《いっしょ》だと、楽しい事ばっかりですね！　相手の滑稽さが際《きわ》立《だ》つのと、魔王様の格好良さの相乗効果というか……さすが魔王様です！」

言って、ジークの頬《ほお》を悪魔《あくま》尻尾《しっぽ》でつんつんしてくるアイリス。

ジークはそんな彼女の尻尾を払《はら》った後、彼女へと言う。

「褒めてくれている事は礼を言うが、気を引き締《し》めていけよ」

「は～い♪　でも、ふざけてても楽勝じゃないですか？　魔王様が居ますし！」

「まぁそうだが、一応は敵地だからな」

などなど。

そんなやりとりの後、ジーク達《たち》はミハエルの城を進んでいくのだった。


それから数分後。

ジーク達はミハエルの城を、中庭目指して進み続けていた。

「それにしても、ジークくん。どうして、ミハエルさんが居る場所がわかるの？」

「ん……ブランも気になった。まおう様、ひょっとして匂《にお》いで探してる?」

言って、ひょこりと首をかしげてくるのはユウナとブランだ。

ジークはそんな彼女たちへと言う。

「さすがの俺も、匂いじゃ無理だ。ただ単に気配と魔力《まりょく》を追っているだけだ」

「そんな遠くの気配と魔力って、正確に追えるものなの?」

「ん……まおう様が特別なだけ。近くはともかく遠くは普通《ふつう》、ふんわりとしかわからない」

「そんな事はない。ユウナとブランも、練習すれば出来るようになる」

「あ、あたしに⁉　できるのかな……」

「まおう様がそう言うなら……ブラン、頑張って出来るようになってみる」

もっとも、ミハエルの場所が分かった理由はともかく。

こうして、そこまでの道のりを迷わず歩けているのは、アハトの存在が大きい。

「次は右です。はい、そこを曲がってください」

この様に、アハトが道案内してくれるのだ。

さすがは彼女、数日前までミハエルの城で暮らしていただけある。

などなど、ジークがそんな事を考えていると。

「でもジークくん、このお城なんだかおかしくない？」

「ん……ブランも思ってた。冒険者が誰も居ない……それこそ気配が感じられない」

と、聞こえてくるのはユウナとブランの声だ。

ジークはそんな彼女達《かのじょたち》へと言う。

「昨日の一件もあったし、大方冒険者全員に愛想《あいそ》を尽《つ》かされたんだろ」

「たしかに、ここに向かう最中――大通りにすごい沢山《たくさん》、冒険者さんが居たもんね」

「ん……みんなユウナを応援してた」

「ただ、アイリスにも言った通り油断はするなよ」

「え、それってどういうこと？」

「まおう様、これ」

と、後者のブランは気がついたに違いない。

彼女は杖《つえ》を構え、交戦体勢に入っている。

そして、その直後――現れたのは。

醜悪《しゅうあく》で、悪臭《あくしゅう》を放つ怪物《かいぶつ》達。

ある者はヤギの胴体《どうたい》にライオンの頭、そして蛇《へび》の尻尾が生えている。

またある者は馬の胴体に竜《りゅう》の頭、そして蝙蝠《こうもり》の羽が生えている。


キメラだ。

人造竜タイラントには遠く及《およ》ばないまでも、どの個体からもかなりの戦闘力《せんとうりょく》を感じる。

少なくとも、並みの魔物《まもの》とは次元が違うレベルの強さだ。

(こいつらが居るから、ミハエルは冒険者が居なくても困らないってわけか)

もっとも、この程度でジークは止まったりしない。

考えた後、ジークは剣《けん》を抜《ぬ》こうとし——。

「待って下さい、ジーク」

と、ジークの前に手を翳《かざ》してくるのはアハトだ。

彼女はジーク達の前に一歩出た後、ジークへと言葉を続けてくる。

「道中の敵は、わたしに任せてください」

「その理由がない。俺が倒《たお》した方が早いし、お前も無駄《むだ》に消耗《しょうもう》しないだろ?」

「消耗と言うなら、おまえをこんなところで、消耗させるわけにはいきません」

「いや、俺はこの程度の相手に消耗したりは——」

「ジーク、おまえもポンコツですね。こういう時は、理屈を並べないで任せるものですよ？」

言って、わずかに振《ふ》り返り、笑《え》みを見せてくるアハト。

彼女はすぐにキメラの方に向き直ると、そのまま言葉を続けてくる。

「理由はどうあれ、ミハエルを倒すと決断してくれた。そして、その瞬間《しゅんかん》をわたしに見せるために、わたしを連れて来てくれた……それだけで、わたしはおまえに感謝しています」

「だったら、このまま俺に――」

「ですが、全《すべ》てをおまえに任せるわけには行きません」

「…………」

「ええ、たしかにおまえはキメラ程度では消耗しないでしょう。戦ってもキメラたちを即《そく》座《ざ》に葬《ほうむ》り、何の影響《えいきょう》もなくミハエルに勝てる。わたしだってそう信じています」

そこまで言うと、アハトは剣を引き抜く。

そして、彼女はそれをキメラへと向けながら、ジークへとさらに言葉を続けてくる。

「だからこそです。せめて、この場くらいは任せてください」

「そうしないと、俺に悪いと思っているなら、大きな間違《まちが》いだぞ」

「そう思っている面もあります。ですが、大部分は我儘《わがまま》です――わたしはずっとミハエルにやられっぱなしだったので、少しくらい爪痕《つめあと》を残したいではないですか」

「……苦戦したら、俺も手を出すぞ？」

「おまえ、誰に言っているのですか？」

たしかに、愚問《ぐもん》だったかもしれない。

と、ジークが考えた直後。


「っ！」

アハトは音もなく――けれど、凄《すさ》まじい強さで地面を踏《ふ》みつけ疾走《しっそう》。

あっという間に、キメラのうちの一体へと近づいていく。

けれど、キメラの方も当然、ただ見ているだけではない。

キメラはアハトが近づくのを見るや否《いな》や、彼女へ向けて炎《ほのお》のブレスを吐《は》く。

城の廊下《ろうか》を埋《う》め尽くし、あらゆるものを燃やすそのブレス。

それは一瞬《いっしゅん》、アハトを飲みこんだかと思ったが。

「どこを狙っているのですか？」

聞こえてくるのは、アハトの声。

見れば、彼女はキメラの首のすぐ真下へと、潜《もぐ》りこんでいた。

きっと、アハトはキメラの攻撃《こうげき》に合わせて、さらに加速したに違いない。

その結果、キメラの口から炎が出る前に――アハトはキメラの首元に到達《とうたつ》したわけだ。
もうこうなった以上、勝敗は見えている。

斬ッ。

と、聞こえてくる鮮《あざ》やかな斬撃の音。
アハトの一閃《いっせん》によって、舞《ま》い落ちるキメラの首。
けれど、アハトは止まらない。
「おまえ達に直接的な恨《うら》みはありませんが……」
言うと同時、剣を別のキメラ目がけ投げつけるアハト。
彼女が投げた剣は、見事キメラの頭部へと突《つ》き刺《さ》さる。
しかし、さすがはキメラ――それでも、動こうとしているのだが。
「ミハエルの配下である以上、全て斬《き》り捨てさせてもらいます」
アハトは凄まじい速度で、そのキメラに接敵。
彼女はキメラに刺さっている剣を手に掴《つか》むと、それをそのまま横に一閃。
結果、キメラの頭部はなかなかグロテスクな事になり、動かなくなる。

それからも、アハトの剣撃は続く。

キメラの攻撃を、天井《てんじょう》に逃れて躱《かわ》し、そこから落下の勢いをつけて一閃。

はたまた――キメラの攻撃を剣で受け流し、カウンター気味の一突《ひと》つき。

アハトの剣技こそ、まさに流麗《りゅうれい》。

力強さや圧こそ足りないものの、やはりその技術だけはミアに迫《せま》るものを感じる。

（きっと、アハトの魂《たましい》が持っていた才能と、ミアの身体《からだ》に染《し》みついた力――それがイイ感じに結びついたんだろうな）

もちろん、アハトの努力あってこそだが。

などなど、ジークがそんな事を考えている間にも。

「遅《おそ》い……っ、これで七体目！」

と、アハトの言葉と同時、再び舞い落ちるキメラの首。

だがしかし、そんな彼女のすぐ後ろには、別のキメラが迫っている。

ジークの見立てでは、アハトはその存在に気付いている。

けれど、彼女がその攻撃を完全に躱せるかは、怪《あや》しいタイミングだ。

なんせ、彼女は攻撃したばかりで、完全に体勢が崩《くず》れているのだから。

要するに。

（手を貸した方がいいな、さすがにこれは）

ジークは再度、剣へと手をのばし――。

「にゃ～～～～！　にゃあ、にゃあにゃあ！　にゃん、にゃんにゃん！」

猫《ねこ》になった。

ジークがではない、件のキメラがだ。

キメラの身体はキメラのままだが、まるで精神が猫になったかのようだ。

「にゃんにゃん、にゃ～！」

と、そんなキメラ猫は埃玉《ほこりだま》を追いかけて、どこかへと走って行ってしまった。

間違いない、これは。

「ちょっと！　アハトってば、私が精神操作魔法を使わなかったら、今の結構危なかったんじゃないですか？」

と、聞こえてくるのはアイリスの声だ。

アハトは戦いながら、そんな彼女へと言う。

「今のは……感謝します！　ですが、これ以上の援護《えんご》は――っ」

「そういうわけにもいかないんですよ！」

「どうしてですか⁉」

「私は魔王様の配下なので、こういう時に真っ先に戦うのは、私の役目なんですってば！

魔王様を守る役目を、他の誰かに取られてたまるもんですか！」

「ん……同意」

と、会話に交じって聞こえてくるのは、ブランの声だ。

その直後。


床《ゆか》から生えてきたのは、氷の腕《うで》。

それはキメラたちの四足を、次々に捉《とら》えていき。


「ん……動きは止めた」

と、ユウナへと視線を向けるブラン。

すると、当のユウナは剣を抜き放ち。

「うん、あたしに任せて！」

ブランの魔法で隙《すき》だらけになったキメラ達に向け、次々と斬撃を繰《く》り出していく。

いい連携《れんけい》だ。

ブランの魔力消費は最小限に済ませ。

ユウナの危険と消耗も、最小限にしている。

(あれでもう少しユウナが強くなったら、おもしろくなりそうだな)

回復魔法が使える前衛。

そして、有事は竜に変身できる優《すぐ》れた後衛。

まさに理想の組み合わせだ。

などなど、ジークがそんな事を考えている間にも。

「これで……十三体目！」

「あ、それは私の獲物《えもの》ですよ⁉」

「ん……アイリス、集中して戦って」

「少しでも傷を負ったら、あたしに任せて！」

聞こえてくるのはアハト、アイリス、ブラン、そしてユウナの声。

彼女達は凄まじい勢いで、キメラを打倒《だとう》しながら進んでいく。

キメラと出くわしては倒し。

キメラと出くわしては倒し。

そうして、体感にして十数分が経《た》った頃。

ジーク達は開けた場所へとたどり着いていた。

木々が生え、噴水《ふんすい》のある広い広い庭園のような場所。

見上げれば空を囲う様に、巨大で高い城の尖塔《せんとう》がいくつも見える。

「ここが中庭か」

「はい、その通りです」

と、言ってくるのはアハトだ。

彼女は連戦でも殆《ほとん》ど消耗した様子はなく、ジークへと言葉を続けてくる。

「ですが、ミハエルの姿が見えませんね。まさかと思いますが、逃《に》げ――」

「いや、それはない。見てみろ――おでましだ」

「ジーク君の言う通りですよ、僕は逃げたりなんてしないさ」

聞こえてくるのは、ミハエルの声。

見れば中庭の奥《おく》――木々の裏から、現れたのは当のミハエル。

彼《かれ》は不敵な様子の笑みを浮《う》かべた後、ジークへと言ってくるのだった。

「改めて――ようこそジーク君、僕の城へ！　数々の試練を乗り越《こ》えたキミは、僕と戦う資格があるようだ！」

第八章　究極錬金

「改めて――ようこそジーク君、僕の城へ！　数々の試練を乗り越えたキミは、僕と戦う資格があるようだ！」

と、聞こえてくるのはミハエルの声だ。

彼は木々の裏から姿を見せると、ジーク達の方へと近づいて来る。

そして、そんな彼はアハトに視線を移した後、彼女へと言葉を続ける。

「おや、キミも居たのか。住民を救うなんていう、くだらない目標を達成したんだ。もう逃げ出しているかと思いましたけど」

「勘違《かんちが》いしないでほしいですね。たしかに、住民を救う事も目的ですが。その根本――おまえを打倒し、この街を救うという目的がわたしにはあります」

「ははっ！　僕を倒す、ね……まったく、使えないホムンクルスだ。キミが本来言うべきは『僕を守る』だろ！　この失敗作のクズが！」

「そんなに激昂《げきこう》するなんて、随分余裕《ずいぶんよゆう》がないのですね、ミハエル」

「勘違いしないでほしいですね。クズとの会話に付き合っていると本当に疲《つか》れ――」

「クズはどっちだ？」


と、ジークはミハエルの言葉を遮《さえぎ》る。

すると、ミハエルはギロっと血走った眼をジークへと向けてくる。

そんな彼はそのまま、ジークへと言葉を続けてくる。

「ジークくん……キミは最強の魔王《まおう》だ。僕はそういう点では、キミにある一定の評価をしています。けれど、そんな口を利《き》かれるのは困るな」

「俺《おれ》は別にお前からの評価なんて欲《ほ》しくない。そんなものより、ここに居るアハトに評価してもらった方が、数万倍は嬉《うれ》しいな」

「っ……クズ同士でシンパシーを感じやがって」

「おいおい、さっきと言ってる事が違《ちが》うぞミハエル。俺の事は評価してくれてるんじゃないのか？」

「ふっ。ジーク君は強さがあっても、会話の能力やその他全てが欠けているということですよ」

言って、片手で髪《かみ》をかき上げるミハエル。

彼のその仕草と、顔つき――それはまるで、自分自身に酔《よ》っているかのようだ。

その仕草からは、圧倒的《あっとうてき》な自信が感じられる。

ジークとアハト達に、ここまで追い詰《つ》められたにもかかわらずだ。

(俺達《たち》にここまで突破《とっぱ》された事に焦《あせ》って、ミハエルはアハトに激昂したのかと思ったが。

この様子だと、違うみたいだな)

先ほどのミハエルの激昂――あれは本気で、アハトのバカさ加減に怒《おこ》ったに違いない。

もっとも、どこをどうとっても本当にバカなのは、やはりミハエルだ。

なんせ――。

(この状況《じょうきょう》、どう考えてもミハエルのピンチなんだよな)

ピンチをピンチと認められず、逆に好機と思っていること程愚《ほどおろ》かなことはない。

などなど、ジークが哀《あわ》れな視線をミハエルに向けていると。

「さて、もうキミ達との話はいい――クズ共との会話は疲れるだけですからね」

と、言ってくるミハエル。

彼はジーク達から少し距離を置くと、誰にともなく言う。

「来い――人造竜タイラント!」

直後、雲を割《さ》いて現れたのは、五つ首の竜。

ブランの竜形態よりも遥《はる》かに大きく。

五百年前の魔物すら超《こ》える、圧倒的な魔力を内包した存在。

ジークは以前、タイラントを間違いなく撃墜《げきつい》した。

けれど、きっとミハエルが改修したに違いない――タイラントは無傷だ。

それどころか、以前よりも凄まじい力を感じる。

とはいえ。

「芸がないな、ミハエル。お前が言っていた『俺を倒せる準備』とやらは、こいつのことだったのか？」

「安心するといいよ、ジーク君。もちろん、準備はこれだけじゃない――でもね、キミは『これだけの準備』でも十分だと思うんだ」

と、笑いをこらえている様子のミハエル。

彼はバッと両手を広げると、そのままジークへと言葉を続けてくる。

「キミに絶望的な情報を教えてあげますよ！　先日のタイラントの一撃《いちげき》はね……リミッタ

ーをかけていたんだ！」

「ほう」

「出力を全開にすると、タイラント自身が威力《いりょく》に耐《た》えきれないからね！」

「さすがだな。あの時に出力を全開にしなかったのは、街への被害《ひがい》を抑《おさ》えるのを考えたんじゃなく、ただ単に自分の作品の心配をしていたってわけか」

「あははは っ！　その通りですよ！　街など、人など……僕の作品に比べれば、ただのゴミ同然ですからね！」

と、開き直った様子のミハエル。

やはり、言葉も行動も勇者失格だ。

（ミアがこいつを見たら、いったい何を思う事やら）

それを考えると、苛立《いらだ》ちしか沸《わ》いてこない。

などなど。

ジークが考えている間にも、ミハエルはジークへと言葉を続けてくる。

「タイラントの出力全開はね、この街すらも容易に消し飛ばす。こうイメージしてくれればいい——ミアが作り上げた最強魔法《ゾディアック・レイ》が、首一つ一つから放たれるんだ」

「要するに、そいつの瞬間攻撃力《しゅんかんこうげきりょく》はミアの五倍ってことか？」

「と、思うだろ？」

と、ニヤニヤした様子のミハエル。

彼はそのまま、自慢《じまん》げな様子でジークへと言葉を続けてくる。

「最強魔法《ゾディアック・レイ》クラスの魔力が重なり合うとね、その相乗効果で威力は二十倍にまで膨《ふく》れ上がるんだ！」

「ほう、それはすごいな」

「そうだろう!?　これこそが勇者である僕の頭脳の力だ！　わかるかい？　このタイラントは……この僕の力こそ最強、この世界を支配できる力だと！」

《ヒヒイロカネ》でブーストされた、エミールの《ゾディアック・レイ》。

あれですら、威力だけで言えばジークの命に届いていたのだ。

ミハエルの説明が本当ならば、タイラントの一撃はジークを二十回殺せる事になる。

故《ゆえ》にジークは、ものすごく後悔《こうかい》した。

そんなに強いのなら、ちゃんと戦って楽しめばよかった……そう。

瞬殺なんてしないで。

などと、ジークが後悔している間にも。

「さぁ、いよいよ見せてあげよう！　最強の力を！　僕の至高の傑作を！」

言って、ミハエルは上空のタイラントへと手を翳し。

「焼き払い、消滅《しょうめつ》させよ！　放て――《ファイブ・ゾディアック・バースト》！」

と、彼は高らかな様子で、誇らしげな様子で技名を吠《ほ》える。

その直後。


ボトッ。

ボトトトトッ。


人造竜タイラントの首が、ジークとミハエルの間に墜《お》ちてきた。

「は？」

と、呆然《ぼうぜん》とした様子のミハエル。

そうこうしている間にも、人造竜の胴体もドシンっと音を立てて落下。

(とりあえず、この死体邪魔《じゃま》だな)

ジークは魔法を使い、空気が焼けるほどの漆黒《しっこく》の炎を手に宿す。

そして、彼がその手でタイラントの死体に触《ふ》れた瞬間。

その死体は一気に炎上――灰すらも残らず、瞬時に消え失せる。

その後、ジークは未《いま》だ呆然としているミハエルへと言う。

「本当に申し訳ないんだが、タイラントならな。お前が自慢話《じまんばなし》を始める前――あいつが現れたと同時に、五つの首を切断してたんだ」

「なっ⁉　う、嘘《うそ》だ……ありえない！　強化改修したタイラントの強度は、《ヒヒイロカネ》にも匹敵《ひってき》して――い、いや待て！　斬ったならどうして、さっきまで普通に飛んでいたんだ⁉」

「俺の斬撃が速すぎて、自分が死んだのに気がついてなかったんだろ」

「…………」

「あぁ、そういえば地下実験施設《しせつ》でもそうだが。お前の作品は総じて感度が低いみたいだな――何してても反応が遅《おく》れてくる。まぁ、ある意味面白いけどな」

と、ジークが言ったまさにその時。

ジークの背後から一瞬、凄まじい悪寒《おかん》が突き刺さる。

彼がチラリと後ろを見ると、そこに居たのはニコニコ笑顔《えがお》のアハトさんだ。

なんだか嫌《いや》な予感が――。

「調子に、乗るなよ」


と、ジークの思考を断《た》ち切るように聞こえてくるのは、ミハエルの声だ。

彼はどこからか注射器を取り出すと、それを自分の胸へと撃《う》ち込む。

そして、そんな彼はそのままジークへと言ってくる。

「言ったはずです！　タイラントは『準備の一つ』！　まだまだキミに勝つための準備はあると！　つまり、勝った気になるのは早いんですよ！」

「別に勝った気になったなんて、一度も言ってないと思う――」

「だまれぇぇえええええええええええええええっ！」

言って、ミハエルは片手をジークへと向けてくる。

直後、そこから放たれたのは凄まじい魔力の塊《かたまり》。

「っ⁉」

ジークは剣を引き抜き、向かってくるそれを受け止める。

けれど、それはなかなかの威力だ。

(《ゾディアック・レイ》までとはいかないが、ミアに匹敵する力――この時代の魔法使《まほうつか》いが、ましてや錬金術師が出せる威力じゃない)

などなど、ジークが考えている間にも――彼の身体はどんどん後退していく。

このまま魔力弾《まりょくだん》が消えるまで、受け続けるのは得策ではないに違いない。

ジークは剣へと魔力を纏《まと》わせたのち、それを一気に振り抜く。

すると、弾《はじ》かれた玉の様に吹《ふ》っ飛ぶミハエルの魔力弾。

それは斜《なな》め上へと飛んでいき。


城の巨大《きょだい》な尖塔の一部を、抉《えぐ》り飛ばしてなお威力衰《いりょくおとろ》えず。

やがて上空へと至り、雲を残さず消失させた。


「これが僕《ぼく》の究極錬金――秘薬《ミア》だ」

聞こえてくるのは、自慢げな様子のミハエルの声。

彼はニタニタ笑いながら、ジークへと言ってくる。

「さっきの薬はね。自分自身を勇者ミアへと作《つく》り替《か》える薬なんだ」

「自分自身をミアに、だと？　お前……本気で言っているのか――自分がミアだと」

「もちろんだとも！　まぁ厳密に言うのなら、ミアの力を僕の体に再現する錬金術《れんきんじゅつ》だ」

「力だけ……か。なるほど、それを認めているのなら、まだ我慢《がまん》できる」

あやうく、ミハエルの研究資料の事を忘れ、この城ごと消し飛ばす所だった。

それほどまでに、ミハエルの様なクズがミアを名乗るのは許し難《がた》い。

とはいえ。

「なるほど。道理でさっきお前は、錬金術師では考えられない魔力弾を放てたわけか」

「無論、魔力だけじゃないよ」

言って、ミハエルは軽い様子で、ジークの足元めがけて手刀を振るう。

すると、そこに刻まれたのは——。

高密度の光魔法《まほう》で、焼いたかのような溝《みぞ》。

むしろ、地面が消滅してしまっていると言っても過言ではない。

「魔力を使わない手刀による空圧だけで、地面を抉ったのか」

「その通りですよ、ジーク君」

と、誇《ほこ》らしげな様子のミハエル。

ジークはそんな彼へと言う。

「要するに、魔力も身体能力もミアと同等だと言いたいのか？」

「言わずもがな、ですね」

「俺は言わせてもらうが。ミアの魔力も身体能力も、そんなものじゃなかったぞ。それにあいつは、錬金術の腕前《うでまえ》もすごかった」

「ふっ……負《ま》け惜《お》しみを。それに、この秘薬《ミア》は錬金術の腕前もしっかり強化してくれる――知識にブーストがかかるんだ」

言って、自慢げな様子で額を指で叩《たた》くミハエル。

うさん臭《くさ》さマックスだが、ミハエルの強さの次元が変わったのは事実。

見た限り、彼の強さは『変身前のブランを瞬殺』できるレベルに達している。

いずれにしろ、少しは楽しめそうだ。

ジークはゆっくと剣を構え、油断なくミハエルを――。


ボキュッ。


と、突如《とつじょ》聞こえてくる妙《みょう》な音。

さらに――。

「は、はへ⁉」

重ねて聞こえてくるミハエルの声。

見れば、ミハエルの腕がなくなっていた。

「………」

正直、猛烈《もうれつ》に嫌な予感がする。

と、ジークがあっけに取られている間にも。


ボキュッ。

ボキュッ、バチュッ。


「あ、あぁ⁉　い、痛イイイイイイイィィィィィ⁉」

残った腕、両足を破裂《はれつ》させながら、転げまわるミハエル。

彼はひとしきり絶叫《ぜっきょう》した後、動かなくなる。

要するに――。

（おいおい……嘘だろ。薬の副作用ってとこか？　何にもしてないのに、勝手に死ぬとは思わなかった。どんだけ、不安定な薬を作ったんだよ……）

凄まじい消化不良感。

さすがのジークも、このままでは終われない。

(仮にもミアと同等を名乗った罪、何もせずに許せるわけがない)

それに、こいつは他にも数々のミアに対する冒涜《ぼうとく》をした。

これで死ぬなど生ぬるい。

ジークはゆっくりと、ミハエルの躯《からだ》へと近づいていく。

(あった。このポケットに入っていた注射器が、さっき使った薬と同じものか)

ジークはそれに魔力《まりょく》を流し、成分を分析《ぶんせき》していく。

(なるほど。仮にも勇者だけあって、アプローチの方法は悪くないな。ただ、この方法だとミハエルの力量不足で、秘薬《ミア》は一生完成しない)

ニュアンスから言うと、登山する際に登る道を間違えた感じだ。

ジークは更《さら》に秘薬《ミア》の分析を進める。

そして、足りないものと余分なものを把握《はあく》。

(ここをこうすれば……どうだ?)

と、ジークは魔力を流し込んで、秘薬《ミア》を改良していく。

そして、時間にしておよそ数分。

「できた」

ジークの手の中にあるのは、完成した秘薬《ミア》だ。

これを撃ち込めば、少しの間『副作用なく本当にミアと同等の力』が出せる。

ジークはそれをミハエルに打ち込んだ後。

「上位回復魔法《リバース》」

と、ミハエルへと蘇生魔法《そせいまほう》をかける。

すると、彼の手足はどんどんくっついていき、やがて無傷の状態となる。

これで準備は出来た。

(今度は俺自らの手でしっかりと駆除《くじょ》して、ミアを穢《けが》した罪を償《つぐな》わせてやる)

ジークが満足した……まさにその瞬間。


バッ！


と跳《は》ね起き、ジークから距離を取って来るミハエル。

彼は自らの両手を見下ろしながら、誰《だれ》にともなく言う。

「なんだ、この力は……全てが見える、全てが理解できる」

直後、ミハエルの手首から先がボトリと地面に落ちる。

その手首から先は凄まじい速度で形を変えていき、やがてライオンになる。

産まれたライオンは、目にもとまらぬ速度で中庭を縦横無尽《じゅうおうむじん》に駆《か》け回る。

その後、そのライオンはミハエルの手首に飛び込んでいき。

気がつくと、ライオンは消え――ミハエルの手首から先は、もとに戻《もど》っていた。

「錬金術の基本は等価交換《こうかん》。けれど、なんだこれは……それを完全に無視できる」

と、驚《おどろ》いた様子のミハエル。

彼は次々に体から生物を生み出したり。

体から翼《つばさ》を生やしたり、様々な事をし始める。

やがてミハエルは満足したに違いない。

ミハエルはジークへと視線を向けてくると、そのまま彼へと言ってくる。

「今の僕は全知全能だ」

「だろうな。ミア・シルヴァリアはまさしく、全知全能だった――自分で言うのもアレだが、百回やっても、俺はあいつに一度も勝てない気がするよ」

「いい表現だ」

と、厳《おごそ》かな様子を漂《ただよ》わせるミハエル。

そんな彼はまるで神の様に、ジークへと言葉を続けてくるのだった。
「さぁ、始めよう。僕達《ぼくたち》の最後の戦いを――キミへの審判《しんぱん》を」
直後、ミハエルはジークの方へと駆けてくる。
まるで瞬間《しゅんかん》移動するかのように、大地を爆散させながら。
その速度は、間違《まちが》いなくミアと同等。
そして気がつけば――。
「くらえ、魔王！　最強の勇者たる、僕の一撃を！」
目の前から聞こえてくるミハエルの声。
彼はジークの首めがけ、横薙《よこな》ぎの手刀を放ってきている。
その手は凄まじい速度のせいか、摩擦熱《まさつねつ》で金色に発光。
さらにその一撃は――。

風圧により、裏庭の木々をなぎ倒《たお》し。
城の壁《かべ》を、尖塔を次々に崩壊《ほうかい》させ。
踏み込みにより、大地に縦横無尽の亀裂《きれつ》を入れ。
ミハエルから放たれる圧は、街全体を揺《ゆ》らしている。

まさに超越者《ちょうえつしゃ》たる一撃。
だが、それは当然だ――今のミハエルの身体能力は、ミアと同等なのだから。
きっと、直撃《ちょくげき》すればジークの首でも落とされるに違いない。
「はぁ……」
故にジークは残念で仕方ない。
彼がそう思った理由は簡単。

パシッ。

「……は？」
と、聞こえてくるのは、またも呆然とした様子のミハエルの声。
要するに、ジークが彼の手刀を片手で受け止めたのだ――ただ手首を掴む事によって。
（身体能力は高くても、使い方がなっていない）
論外だ。
勇者は心技体の全《すべ》てが揃わなければ成立しない。

ミアはその全てがあったが、ミハエルは二つが欠落している。

故にこの様《ざま》——と、そんな事を考えた後。

ジークはミハエルの手首を、思い切りひねりあげる。


「あ、痛い……あ、イタタタタタタタタッ！」


すると聞こえてくるのは、ミハエルの声。

（はぁ……重ねて本当にこいつらにはガッカリだな）

ジークが秘薬《ミア》を完成させてやったのに、結局はこの様だ。

と、ジークがそんな事を考えていると。

「な、なんで……なんで、僕がこんな目に⁉」

と、言ってくるミハエル。

彼はジークを睨《にら》み付けながら、さらに言葉を続けてくる。

「今の僕はミアだ！　ミア・シルヴァリアと同じ力を持っているんだ！　なのに、どうして僕が負けてるんだ⁉」

「その答えを知りたいか？」

「お、教えろ！　僕に教えてみろ！」

「名剣《めいけん》が二振《ふ》り。片方を赤子へ、片方を名のある剣士《けんし》へ渡《わた》したとする。両者を戦わせた場合、いったいどっちが勝つと……はぁ」

「な、何のため息だ⁉」

同じ力であっても、使い手によって戦闘力《せんとうりょく》は大幅《おおはば》に異なる。

エミールとの最終戦後、彼にも説明してやったのとまったく同じ文言だ。

だからこそのため息。

いったいジークは、現代勇者達《たち》に何度同じ説明をすればいいのか。

考えるだけで、頭が割れそうに痛くなってくる。


「ふっ……油断したな！」


と、ジークの腕を払《はら》いのけ、距離を取って来るミハエル。

彼はジークへと両手を翳《かざ》し——。

「くらうがいい！　勇者ミアの力を！　全知全能たる錬金術師、至高の勇者——ミハエル・ジ・アルケミー十二世の力を！」

そんなミハエルの手から放たれたのは、紛《まぎ》れもなくミアの魔力。

しかも、ミハエルの死《し》に物狂《ものぐる》いの一撃だ。

おそらく、余波だけでジークは即死《そくし》しかねない。

そして、直撃で巻き起こる爆発《ばくはつ》は、世界地図を描《か》き換《か》えるレベルになるに違いない。

（でも、洗練もされてなければ、工夫《くふう》もされてない。そんな垂れ流しの物に、当たるバカはいない）

ミハエルの敗因は一つだ。

ミアの技を、ミアの魔法を学ばなかったこと。

いきなりミア並みの力と魔力、そして頭脳を手に入れても、それを活《い》かせる下地がなければ意味はない。

（もし、この秘薬《ミア》を使ったのがアハトだったら。あの凄《すさ》まじい剣術《けんじゅつ》の相乗もあって、かなり追い詰められただろうな……負けはしないが）

そこまで一瞬《いっしゅん》で考えた後。

ジークは全身に魔力を纏い、防護壁《ぼうごへき》をより強固にする。

その後、余剰魔力《よじょうまりょく》を右手に集中。

彼はその手を、飛んでくる魔力弾めがけて振《ふ》るい。

遥か上空へと弾《はじ》き飛ばした。


「な、なぁ⁉」

と、またも驚愕《きょうがく》といった様子のミハエルの声。

同時、上空から聞こえてくる凄まじい爆発音《ばくはつおん》。

そして巻き起こるのは、常人なら立っていられないほどの暴風。

ミハエルが放ち、ジークが弾いた魔力弾が爆発したのだ。

ジークがチラリと空へと視線を向けると、未だ爆発が連鎖《れんさ》し広がり続けている。

(上に弾いて正解だったな。もし、ミハエルに弾き返していたら、ミハエルどころかユウナやアイリス達も死んでいた)

などなど、ジークはそんな事を考えた後。

彼はミハエルへと片手を翳し——。

「魔力は……魔法って言うのはな。絶対に避《よ》けられないように、絶対に当たるように使うんだよ。例えばこうやってな——上位闇魔法《やみまほう》《グラビティ・オーメン》」

上空に現れるのは、禍々《まがまが》しい闇の光を放つ黒い月。

そこから降り注ぐのは、圧倒的な黒色の重力。

それはあらゆるものを地面へと落とし、縫《ぬ》い付けていく。

「く、ぉおおおおおおおおおおおおおおおおおおおっ！」

と、そんな月の真下——重力を一身に受けているミハエル。

彼は両手両膝《りょうひざ》を地面につけ、何とかといった様子で四《よ》つん這《ば》いになっている。

彼は超重力《ちょうじゅうりょく》のせいで立つどころか、四つん這いすら難しいに違いない。

ジークはそんな彼へと言う。

「ミアなら片手で押《お》し返したぞ。今のお前なら出来るだろ？」

「……っ！」

「それとも、力の使い方もなってないのか？」

「だ、だまれぇえええええええええええええええええ！」

ぶしっと鼻血を噴《ふ》き出すミハエル。

なかなか頑張《がんば》っているようだが、それも長くは続かなかった。

メキ。

メキメキ。

と、音を立てる《ヒヒイロカネ》と秘薬で強化されたミハエルの手足。

それでも、重力に耐えきれなかったに違いない——ついに、それが変形し始めたのだ。

「う、あぐぅ……い、痛い……た、助けてぇ」

同時、ついに四つん這いすら出来なくなるミハエル。

彼《かれ》は地面にうつ伏《ぶ》せに抑え込まれ、身体《からだ》を超重力に軋《きし》ませている。

（このまま、放置していても潰《つぶ》れたカエルみたいに死ぬだろうが……最後にチャンスをやるか）

そういえば、初めてクソ勇者のエミールと戦った時、チャンスをやった。

同じクソでも、差別するのはよくない。

そんな事を考えた後、ジークは降り注ぐ超重力の中へと足を踏み入れる。

（まったくミハエルの奴……この程度でこうまで動けなくなるとは、本当に情けない奴だ）

まぁ、ミハエルにはジークの様に、障壁がないから仕方ないとも言えるが。

それでもこの程度の魔法は、難なく弾いたミアという前例が居るのだ。

などと考えている間にも、ジークはミハエルの目の前に到着。

ジークは彼の首根っこを掴《つか》みあげた後、そのまま彼へと言う。

「お前にチャンスをやる」

「ちゃ、チャンス……あが――っ、な、なんでも、する……た、助けて」

「この街の住民の命を、生贄《いけにえ》として俺に差し出せ。そうすれば命だけは――」

「捧《ささ》げる！　何人でも殺す！　き、きみに住民の命を渡す！　だ、だから僕の命だけは助けてくれ！　ぼ、僕はまだ死にたく――」

「失格だ。そもそも、俺は住民の命なんて欲しくないがな」


「へ？」

と、頭真っ白といった様子のミハエル。

ジークはそんな彼へと言う。

「勇者なら『住民の命は差し出せない』くらい言ってみろよ。魔王から人を守るのが、勇者の使命じゃないのか……ふざけるな！」

「あ、ぅ」

「もういい。これで終わりだ、ミハエル……お前に期待した俺がバカだった」

「ま、待って――」

「黙《だま》れ、それ以上ミアを……勇者を穢すな」

言って、ジークはミハエルを地面へと投げ飛ばす。

その後、ジークは彼に背を向け、ユウナ達の下へと歩き出す。

もうミハエルの様なゴミに興味はない。

重力に潰され、勝手に死ねば――。

「お、お願いし、ますぅ！　た、助け――っ」

と、ミハエルの声が、ジークの思考を断ち切るように聞こえてくる。

ジークは立ち止まり、今では離れた位置に居るミハエルを振り返る。

最後まで不愉快な男だ。

(やはり、一刻も早く消えてもらうとするか)

考えた後、ジークはミハエルへと手を翳す。

そして、ジークがその手を下ろした瞬間。

凄まじい地響《じひび》きと共に、ミハエルに落下する黒い月。

空間を歪《ゆが》ませる程《ほど》の重力塊は、ミハエルを瞬時《しゅんじ》に飲みこむだけでなく。
それは超重力をもって、大地に大穴をあけていく。
それこそ星の核《かく》に届かんばかりの、深く暗い穴を。
ジークはそれを見届けた後、消え去ったミハエルへと言うのだった。
「次はしっかり、今回の反省を活かすんだな」
もっとも、次はないだろうが。

第九章　祝勝会

時はミハエルを倒した後、夜。

場所はアルスの街のとある酒場。

現在――ジーク、ユウナ、アイリス、そしてアハトは同じテーブルを囲んでいる。


「はいはい、注目！」


と、悪魔尻尾《あくましっぽ》を振り乱すのはアイリスだ。

彼女《かのじょ》はそのまま悪魔尻尾をふりふり、言葉を続けてくる。

「それじゃあ、場も温まってきたことですし――魔王《まおう》様談義を始めましょう！」

この様子とタイミング的に、彼女はきっとまたも褒《ほ》め褒め攻撃《こうげき》をしてくるに違《ちが》いない。

などなど、ジークが考えている間にも。

「やっぱり、一番凄《すご》かったのは上位闇魔法《グラビティ・オーメン》ですよ♪」

と、言ってくるアイリス。

彼女は両手を合わせ、まるで祈《いの》るような様子で、ジークへと言葉を続けてくる。

「本来の上位闇魔法《グラビティ・オーメン》は、黒い月を中心に四方八方に斥力を振りまく魔法です！　なので、真下にいたミハエルは重力に押しつぶされるように、地面に這《は》いつくばった……」

「あぁ、それのどこがすごいんだ？」

「いや、普通《ふつう》に――《グラビティ・オーメン》の黒い月が、斥力《せきりょく》を振りまく範囲《はんい》ですよ！　四方八方じゃなくて、魔王様のは下方向だけになってたじゃないですか！」

それは当然だ。

上位闇魔法である《グラビティ・オーメン》を、あの場で完全解放すればどうなるか。

簡単だ――アルスの街とその周辺は消え去る。

それどころか、街があった場所にはきっと、地面を深く抉る巨大なクレーターが出来る。

だから、ジークはコントロールしたのだ。

放たれる斥力の向きを、全て真下に行くよう。

と、ジークがそんな事をアイリスに説明すると。

「あの規模の魔法に、指向性を持たせるなんて——普通そんな事できませんからね⁉」

テーブルをバンバン叩いて来るアイリス。

彼女は興奮した様子で、ジークへと言葉を続けて来る。

「た・と・え・ば！ 太陽の光をこの星の一点にしか、降り注がないようにする——と、魔王様が言っているのはそんなレベルの事ですよ⁉ どうですか、普通できますか⁉」

「それくらいならできるぞ。闇魔法を使って、太陽の光を導いてやればいい。ただ、星全体を覆《おお》わないといけないから、さすがにかなり魔力を——」

「あ、すみません……私の喩《たと》え方が間違ってました」

と、なにやら悪魔尻尾をしょぼんとさせているアイリス。

けれど、彼女はすぐに元気いっぱいといった様子で、ジークへと言ってくる。

「でもでも、魔王様がすごいのは確かですよ♪」

「そうか？ さっきの喩えだと別に——」

「ええい！ さっきの喩えも、魔王様からしたら簡単でしょうけどね！ 凡人《ぼんじん》常人天才秀才《しゅうさい》——私やブランのような、最強魔物《まもの》勢でも難しい事なんですよ！」

「つ、つまり？」

「あは♪　さすが魔王様、なんでも出来る私の嫁《よめ》ってことです♪」

アイリスさん、ご機嫌《きげん》だ。

何度も言うが、ジークがすごいかは不明だ。

けれど、彼女が楽しそうなのでまぁよしとしよう。

などなど、ジークがそんな事を考えていると。


「ん、ブランも一つある」

珍《めずら》しくも、手を上げてくるブラン。

彼女はジトっとしたいつもの視線で、ジークへと言葉を続けてくる。

「ミハエルが最後に使った秘薬《ミア》……ん、まおう様があれを完成させちゃったの……本当にすごい」

「いや、あれはミハエルが途中《とちゅう》まで作った物に、手を加えただけだから全くすごくなんて――」

「まおう様は謙虚《けんきょ》すぎる」

言って、お酒をちびちびブランさん。

彼女はこくこく喉《のど》を動かした後、さらにジークへと言ってくる。

「ブランは錬金術師じゃないけど、それでも簡単にわかった——秘薬《ミア》は最初から『完成品』と言っても、文句なしの出来栄《ば》えだった……まるで芸術品の様な出来栄え」

「ミハエルが作った時点でってことだよな——自爆《じばく》する秘薬がそんなにすごいか？」

「錬金術の基本は等価交換……ミアに迫《せま》る力を出せる代わりに、すぐに死んじゃう……ん、採算が取れてる」

言われてみると、たしかにそれはそうだ。

本来、ミハエルの人生を何度重ねても、ミアには遠く及《およ》ばないに違いない。

そこを薬一つで、ミアに近しい力を出せるようにしているのだ。

命が一瞬でなくなるくらいは、安いに違いない。

などなど、ジークがそんな事を考えている間にも。

「要するに……ん、まおう様は『手の付けようのない芸術品を、さらに上の段階へと昇華《しょうか》』させた——ミアと同等の力を出せるのに、死なない薬なんて……常識じゃ考えられない」

と、聞こえてくるブランの声。

彼女は身を乗り出しながらジークへと言ってくる。

「さすが……まおう様はすごい！」

「お、おぉう」

「人が全てを捧げて作り出した芸術品を、一瞬で改良できる頭の良さ……ん、ブランは確信した――まおう様はこの世界の頂点に立つべき存在」

きらきらきらきら。

きらきらきらきらきら。

ブランさんの瞳《ひとみ》から、尊敬のお星さまが飛んできている。

そして、それと同時――。

「お、おぉ！　ジーク、おまえはわたしの想像以上にすごい男なのですね！」

なにやら拍手《はくしゅ》しているアハト。

ともあれ、彼女達《たち》にそこまで言われると、本当にジークがすごい気がする。

照れくさいが、悪い気分ではない。

「おっほん！」

と、ふいに聞こえてくるのはユウナの声。

来た――ハイパー焼きもちユウナ褒め褒めアタックタイムだ。

「ジークくんの魔法や技術は、たしかにすごかったよ！　詳《くわ》しくないあたしでも、直感的に『これは凄いやつだ』って思うくらいに！」

と、言ってくるユウナ。

彼女は「でもね」と一言呟《つぶや》いたのち、ジークへとさらに言葉を続けてくる。

「あたしが一番すごいなって思ったのは、ジークくんの優《やさ》しさかな！　だって、ジークくんは街に被害《ひがい》が出ない様に、《グラビティ・オーメン》の効果範囲を変えてくれたんだよね？」

「え、えっとだな」

「アイリスさんの説明でわかったけど。街の人のために、そんなに難しい事をやってくれるなんて……あたし、感動したよ！」

「い、いや……俺《おれ》は城の中にある『ミハエルの研究資料』が消えるのが嫌《いや》で——」

「ジ〜〜〜〜〜ッ」

「………」

「ジ〜〜〜〜〜〜〜〜〜〜〜〜〜〜〜〜〜〜〜〜ッ！」

「うっ」

「はい！　今、目を逸《そ》らした！　ジークくん嘘《うそ》ついたでしょ？」

と、ジトっとした様子で言ってくるユウナ。

けれど、そんな彼女はすぐにパッと太陽の様な笑顔《えがお》を浮《う》かべてくる。

そして、彼女はそのままの様子でジークへと言葉を続けてくる。

「あたし、知ってるよ。ジークくんは人を守るために、常に最善を尽《つ》くせる人だって」

「それなら、別に俺じゃなくたって――」

「たしかに、人を助ける為《ため》に最善を尽くそうとしている人は、他にもいるかもしれない。でも、ジークくんみたいに『常に』は無理だよ」

「…………」

「タイラントを倒した時もそう。被害が出るのが嫌だから、攻撃されるよりも先に倒してくれた――ジークくんはどんなに強い敵と戦っている時も、常に被害を抑《おさ》えることを考えてくれる。普通は無理だよ。きっと戦いに必死になって、被害なんて考えられなくなる」

そんな事はない。

もしもユウナが、ジークと同じ力を持っていたとしたら。

きっと、彼女はジークと同じことをする。

（いや待て。『俺と同じこと』ってなんだ？　じゃあ何か？　俺は本当にユウナが言う通り、常に被害を考えて戦っているとでも言うのか？）

ありえない。

ジークは血も涙《なみだ》もない魔王のはずなのだから。

などなど、ジークが黙ってそんな事を考えていると。

「ほら、何も言い返せない。あたしが言っている事が、全部本当だからだよ——つまり、ジークくんは世界で一番優しいんだよ」

と、イタズラっぽい様子で言ってくるユウナ。

彼女は事あるごとに、ジークを優しいと言ってくれる。

無論、ジークにはそんな実感はない。

けれどやはり、彼女にそう言われて悪い気はしない……むしろ。

(心が温かくなるというか、誇らしくなるというか)

不思議な気分だ。

などなど、ジークがそんな事を考えていると。

「それと！　ミハエルさんがアハトさんを罵倒《ばとう》した時、あれをかっこよく遮《さえぎ》ったのも感動したな！」

「あれはその……わたしも嬉《うれ》しかった、です」

聞こえてくるユウナとアハトの声。

彼女達はまるで姉妹の様に、いつかの再現の様に。

わーわー。

きゃーきゃー。

と、ジーク優しい談義で盛り上がり始める。

そして一方。

「いやぁ！　やっぱり魔王様は天才なんですよ！　凡人とは出来が違う！」

「ん……まおう様しか勝たん」

と、聞こえてくるアイリスとブランの言葉。

彼女達は未《いま》だ、ジークを褒めちぎっている。

「…………」

なんだか恥《は》ずかしくなってきた。

それに酔《よ》いが回ったのか、少し眠《ねむ》くなってきた。

ジークはみんなに声をかけたのち、一人席を立つ……そして。

酒場の二階に併設《へいせつ》された宿——そこに借りた自分の部屋へと向かうのだった。

エピローグ　ホムンクルスは本物になりたい

時は祝勝会から、数十分後。

場所はアルスの酒場二階の宿屋――ベッドと机のみが置かれ、質素ながらも掃除《そうじ》の行き届いた清潔な一室。

現在そこで、ジークはミハエルの城で見つけた『勇者に関する研究資料』を読んでいた。

その中に、本当に勇者の試練の情報があったのは、幸先《さいさき》がいいに違いない。

「なるほど。最初の『勇者の試練』は、ここからかなり離《はな》れた位置だな」

けれど、これはさして問題ではない。

白竜《はくりゅう》となったブランの背に乗れば、そこまで時間をかけることなく行ける距離《きょり》だ。

問題はそれがある場所だ。

ジークの記《き》憶《おく》が正しければ、そこは――。

「ジーク、起きていますか？」

と、ジークの思考を断《た》ち切る様に、扉《とびら》の向こうから聞こえてくるアハトの声。

ジークは資料を横に置いた後、そんな彼女へと言う。

「あぁ、起きてるよ。何か用か？」

「はい。実はその……おまえに話したいことがあって」

「それなら、開いてるから入ってきていいぞ」

「あ……失礼、します」

かちゃり。

と、扉を開きジークの部屋へと入ってくるアハト。

彼女はとことこ、ジークの前へと歩いて来る。

彼女はジークの前で一旦《いったん》立ち止まる……やがて。

「っ」

と、なにやら思い切った様子で、ベッド――ジークの隣《となり》へと座《すわ》って来る。

そこから続く沈黙《ちんもく》。

…………。

…………。

………………。

（え、なにこの空気？）

魔王であるジークにはわかる。

まるで大戦前の様に、部屋の空気がひりひりしているのだ。

そして当然、その中心に居るのはアハト。

（まさか、アハトを怒《おこ》らせるような事をしたか？）

心当たりは……ある。

それはミハエルと戦った際、ジークが彼に言った言葉だ。

『お前の作品は総じて感度が低いみたいだな——何しても反応が遅《おく》れてくる』

あの時、アハトから猛烈《もうれつ》な寒気を感じたのだ。

もちろん、悪気はなかった。

けれど、よく考えてみれば、先の言葉はアハトへの侮辱《ぶじょく》とも取られかねない。

まずい。

早急に謝《あやま》らなければ。

などなど、ジークがそんな事を考えていると。

「ジーク。ミハエルを倒してくれて——この街を、わたしを救ってくれてありがとうございました」

と、言ってくるアハト。

彼女はきゅっと手を握《にぎ》りしめ、そのままジークへと言葉を続けてくる。

「この街に来てくれたのが、おまえで本当によかったです」

「……怒ってたんじゃないのか？」

「怒る？」

ひょこりと、首をかしげてくるアハト。

なるほど。

どうやら、全てはジークの勘違《かんちが》いだったようだ。

それならば、するべきことは簡単だ。

と、ジークはアハトへと言葉を返す。

「悪い、気にしないでくれ。それで、礼についてだけど——別に気にしなくていいよ」

「ミハエルを倒したのは、私情だから……ですか？」

「おまえがそう言うのなら、これ以上は言いません。けれど最後にもう一度――ありがとうございます、ジーク」

言って、ニコリと可愛《かわい》らしい笑顔を浮かべてくるアハト。

なんだか、猛烈に照れくさい。

ジークは思わず、そっぽを向いてしまうのだが。

「変な所で照れ屋ですね、おまえは」

と、まるでジークの心を見透《みす》かしたかのような、アハトの発言。

ユウナといい、アハトといい――どうして、こうもジークの心が読めるのか。

ここでジーク、とんでもない事に気がついてしまう。

(ま、まさか俺の心は読まれやすいのか⁉)

だとすれば大問題だ。

それすなわち、ミアとの戦闘《せんとう》中も心が読まれていたということだ。

(なんとかしないとまずい！　このままだと、いつか来る『ユウナとの決戦』の際――再び俺が負けることになってしまう！)

それはダメだ。

ジークは魔王。

真の勇者に二連敗するわけにはいかない。

だいいち、そんな事になってはアイリスやブランにも、面目《めんぼく》が――。

「ジーク、何を唸《うな》っているのですか？」

と、ジークの思考を断ち切るように聞こえてくるのは、アハトの声だ。

ジークはそんな彼女へと言う。

「あ、あぁ……すまない。ちょっと真の勇者について考えていた」

「ミアについて、ですか？」

「考えていたのは、ミアだけじゃないが……まぁ、だいたいそんなところだ」

「ジーク。よければ、おまえの口からミアについて教えてくれませんか？」

「ミアについて？　別にいいけど、どんな事についてだ？」

「どんな性格だったのか。どんな戦い方をするのか……どれほどの人間を守ってきたのか。

どんなに小さい事でも、くだらない事でも構いません――教えてはもらえませんか？」

「別にそれくらいなら、いくらでもするが」

言って、ジークはアハトへと語っていく。

ジークの支配下の街を、解放しに来たミアとの戦い。
アイリスがミアの仲間を人質《ひとじち》に取ったとき、彼女が取った行動。
アイリスの罠《わな》だとわかっているのに、住民を救いに来たミア。
ミアはたった一人の部下を救うため、ジークの城に乗りこんで来たことがあったこと。
アイリスに操《あやつ》られた仲間と殺し合いをさせられた際、ミアは最後まで手を出さな――。

(ん…あれ?)
おかしい。
なんだか、アイリスがかなり悪い事ばかりしている気がする。
まぁ、ジークも人間の街を支配していた時点で、アイリスとは大差ないに違いない。
(それに今の俺が『悪い事』と思えるのは、アルと混じった影響《えいきょう》もあるだろうしな)
要するに、当時はそれが普通だったのだ。
とまぁ、ジークは更《さら》にミアの話をアハトへと続けていく。
重要なことから、どうでもいい事まで全《すべ》て。
…………。
……………。

……………………

そうして、それら全てを話し終えた頃《ころ》。

「そうですか、やはりすごい人なのですね……ミア・シルヴァリアは」

と、言ってくるアハト。

彼女はどこか自嘲《じちょう》した様子で、ジークへと言葉を続けてくる。

「わたしなんかとは、何もかもが違う。ハッキリわかりました……わたしはミアじゃない。ミアには一生なれない。どこまでいってもわたしはホムンクルスで、ミアの偽物《にせもの》――」

「それは違う」

「え？」

「なんでいきなり、ミアの話を聞きたいのかと思えば……はぁ、そんなくだらない事を気にしてたのか」

「なっ⁉　くだらないとはなんですか！　お、おまえはまたしても、わたしを侮辱するのですか！」

シャー！　と、猫《ねこ》の様に怒《おこ》り出すアハト。

ジークはそんな彼女の頭に手を置き、そのまま言葉を続ける。

「『ミアのホムンクルスだから偽物』もなにもないだろ。アハトはアハトという魂《たましい》を持った、本人なんだから」

「は、い？」

「お前は外見が同じだけで、性格も何もかもミアと違う。だったらそれは、『偽物のミア』というよりは、『本物のアハト』って言うんじゃないか――まぁ言い方はおかしいが」

「本物……わたし、が？」

「あたりまえだろ。そもそも、誰《だれ》かの偽物なんて存在しないんだよ。一人一人が、それぞれ固有の人格を持った人間なんだから」

「…………」

「『ミア本人になる』なんてアホみたいな目標より、もっとまともな目標を考えろ。まぁ、目標なんてすぐに決めなくてもいいけどな――よく考えて決めろ、アハトという人間がしたい事を基準にな」

言って、ジークはアハトの頭をなでなでし続ける。

よしよし。

よしよしよし。

しばらく、アハトはされるがまま状態……だがしかし。

バッと、ジークの手を払《はら》いのけてくるアハト。

彼女は真剣《しんけん》な様子でジークを見つめてくると、そのまま言葉を続けてくる。

「ジーク。わたしの目標が決まりました」

「早いな……まさかまた『ミア本人になる』なんて、言いださないよな？」

「わたしの将来の目標は、おまえとずっと一緒《いっしょ》にいることです」

「……は？」

ちょっと何を言っているかわからない。

いったい、どうしてさっきの話からそうなるのか。

と、考えている間にもアハトはジークへと言葉を続けてくる。

「なので、当面はおまえと旅をしたいです。そして、今の様な仮の仲間じゃない――おまえの本物の仲間になりたい。わたしを救ってくれたジークと共に、将来を歩んでいきたい」

「………………」

「だからどうか、わたしに《隷属《れいぞく》の証》を刻んではくれませんか？」

「えっと、よくわからないが。別にそれを刻まなくても――というか、なんで《隷属の証》を知っているんだ⁉」

「さきほど、ユウナに聞きました」

「…………」

きっと、ジークが酒場を去った後に違いない。

ともあれだ。

「改めて言うが、それを刻まなくても一緒に旅なんていくらでも――」

「おまえは鈍《にぶ》いですね。わたしは……こう言っているんです」

と、ジークの言葉を断ち切って来るアハトの声。

直後、ジークの唇《くちびる》に触《ふ》れる柔《やわ》らかい感覚。

けれど、すぐにそれは離れていく。

そして、アハトはイタズラっぽい様子で、ジークへと続けてくるのだった。

「何度も救われ、優しい言葉をかけられ……おまえに心を奪《うば》われてしまいました。ジーク、おまえの事が大好きです――どうか、この身体もおまえのものにしてくれませんか？」

そうして数分後。

「あ、あの……もう終わったのですか？」

と、ベッドに仰向《あおむ》けになり、臍下《へそした》をさすさすしているのはアハトだ。

彼女は照れた様子で、足をもじもじさせている。

ジークはそんな彼女へと言う。

「あぁ、《隷属の証》はしっかり刻めた」

「で、ではこれでその……わたしはおまえの奴隷《どれい》、なのですね？」

「まぁ、奴隷扱《あつか》いするつもりはないけどな」

「おまえがしたいのなら、その……奴隷扱いしても、いい……のですよ」

ぷいっと、恥ずかしそうな様子でそっぽ向いてしまうアハト。

意味がわからない。

とりあえず、やることは終わった。

と、ジークがベッドから離れようとすると。

「ま、待って下さい！」

慌《あわ》てた様子で起き上がり、ジークの服の裾《すそ》を掴《つか》んで来るアハト。

彼女は先ほどまでとは一転、ぷくっと頬《ほお》を膨《ふく》らませている。

またしても意味が分からない。

ひょっとすると、アハトは情緒《じょうちょ》不安定なのかもしれない。

などなど、ジークが考えていると――アハトは彼《かれ》へと言葉を続けてくる。

「おまえ！　以前わたしにポンコツだと言いましたが、やはりおまえの方がポンコツではないですか！　どうして、そうまで鈍くなれるのですか⁉」

「いや、怒ってるのはわかる。ただ、なんで怒ってるのかが――」

「そうではありません！　男女二人でこういう状況《じょうきょう》になれば、することは決まっているではありませんか！」

「…………」

「黙《だま》らないでください！　わ、わたしは……っ、おまえに奴隷として扱われたいと言ったのです」

「それは聞こえてたけど、それが怒っている理由と繋《つな》がるのか？」

「そ、その……だからっ」

もじもじ。

もじもじもじ。

と、頬をどんどん赤くしていくアハトさん。

これはそうとう怒っているに違いない。

やばい。と、ジークが慌てている間にも、アハトは言葉を続けてくる。

「せ、性奴隷……として、扱われたい……のです」

「…………」

「おまえと……その、そういうことを……してみたい、のです」

言って、ベッドから立ち上がるアハト。

彼女《かのじょ》はしゅるしゅると、服を脱《ぬ》いでいき産まれたままの姿になる。

そんな彼女はジークに抱《だ》き着いて来ると、そのまま彼へと言葉を続けてくる。

「それとも……わ、わたしでは魅力《みりょく》を感じませんか？」

「…………」

「わたしとそういう事をしたいとは……思ってはくれませんか？」

「……いや、そんな事はない」

アハトは十分に魅力的《みりょくてき》だ。

強く、優しく、美しい。

そして、その心は未だ穢《けが》れを知らないのが、見て分かるほどだ。

そんな彼女にこんな事をされれば、さすがのジークも抑えが利《き》かない。

(魔王《まおう》としてではなく。一人の男として、彼女を汚《けが》してみたくなるな)

考えた後、ジークは自らも服を脱いで、ベッドに腰掛《こしか》ける。

そして、彼は膝《ひざ》の上――ジークの両足の間に、アハトを座らせる。

するとどうなるか。


「あ、あの……お、おまえのが……わ、わたしのに、あ、あた――あ、ぅ」

と、先ほど以上に照れ始めるアハト。

要するに――現在ジークの息子《むすこ》は、挟《はさ》まれているのだ。

アハトの太ももの間と、彼女の大切な場所によって出来たトライアングルゾーンに。

「じ、ジーク……その、は、恥ずかしい……のですが」

と、アハトが身体《からだ》をもじもじさせるたび。

むちむち。

むちむちむち。

と、息子を強く刺激《しげき》してくるアハトの太もも。
けれど、アハトは無論それに気がついていない様子で。
「じ、じーく……んっ、なんだか、わたし……変な、気分でっ」
と、なおも身体をもじもじさせている。
となれば当然、ジークの息子は太ももの中で蹂躙《じゅうりん》されていく。
人肌心地《ひとはだごこち》よく、わずかに乙女《おとめ》の汗《あせ》の湿《しめ》り気《け》を帯び、ほどよい肉圧。
さらには、アハトの大切な場所から淫蜜《いんみつ》が漏《も》れはじめ、それが潤滑油《じゅんかつゆ》となっている。
気持ちよくない訳がない。
けれど、ジークだって黙っているわけにはいかない。
考えた後、ジークは片方の手をアハトの胴《どう》へと回し、身体をホールド。
その後、彼はもう片方の手をアハトの胸――その先端《せんたん》へと伸《の》ばし。
「んぁ⁉　じ、ジーク……お、おまえ、どこを触《さわ》って――んっ」
などと言ってくるアハト。
けれど、ジークはそんな彼女を完全無視。
さらに胸の先端への愛撫《あいぶ》を続け――。
「あ、んっ。こん……なっ」

そんなアハトの頃合《ころあ》いを見定め、彼女の耳を舌で犯《おか》していく。

「あ、あぁ……っ。じ、く……そ、れ……んっ」

と、なにやら身体をぷるぷるさせているアハト。

小動物の様で、とても可愛らしい。

ジークはなおも、そんな彼女を愛撫していく……すると。

「はぁ、はぁ……んっ。どう、ですか……っ、ジーク？」

と、必死な様子で言ってくるアハト。

彼女は肩越《かたご》しに淫《みだ》れた顔をジークに見せてくると、そのまま言葉を続けてくる。

「これでも、っ……感度が悪いと、思います……か？」

なるほど、やはりその事を気にしていたわけか。

ジークはアハトの胸の先端を摘《つ》まみ上げ、彼女のうなじに舌を這《は》わせる。

その直後。


「ん……ぁあああっ⁉」

身体をビクリと仰《の》け反《ぞ》らせるアハト。

ジークはそんな彼女へと言う。

「悪かった。お前はとても感じやすい、淫乱《いんらん》体質だよ」

「そ、それは侮辱……です、か？」

「いいだろ？　俺の性奴隷になりたいなら、淫乱体質はアドバンテージだ」

「っ……わ、わたしは……い、淫乱、なんかじゃっ」

と、なにやら蕩《とろ》けた様子のアハト。

きっと、淫乱と言われて興奮したに違《ちが》いない。

アハトには生粋《きっすい》のＭ気質もあるに違いない。

ジークがそんな事を考えている間にも。

「ん……くっ」

と、ジークの足の上に両手をついてくるアハト。

彼女はそのまま、なんとかといった様子で身体を持ち上げると。


パンッ！

アハトは重力に任せた様子で、一気に腰《こし》を下ろしてくる。

同時、彼女の太ももと大切な場所の間で、強くしごかれる息子。

そして、当の彼女はというと——。

「〜〜〜〜〜〜〜〜〜〜〜〜〜〜〜〜〜〜〜〜〜〜〜〜〜っ！」

何かを我慢《がまん》するように、うつむいてふるふるしている。

そんな彼女の大切な場所からは、大量の淫蜜が溢《あふ》れだしている。

「は、ん……っ。じーく……わ、わたしは淫乱体質なんかじゃ、ありま、せん」

と、キッとジークを睨《にら》んで来るアハト。

けれど、そんな彼女は再度ふるふる腰をあげると。

「で、でも……んっ、これ……ここ——ジークのに擦《こす》りつけるの……んっ」

言って、アハトは悔《くや》しそうな様子で、身体を使ってジークの息子をしごいて来る。

そんな彼女は、顔をどんどん蕩けさせながら言葉を続けてくる。

「気持ち、い……っ。わ、たし……淫乱体質じゃない、のにっ。か、身体——と、止められ……ないっ」

ぱん……っ。ぱん……っ。

と、ペースはゆっくりだが、確実に快楽を貪《むさぼ》って来るアハト。

その様子はまるで——清純な乙女が初めて自慰《じい》をしているかのようだ。

とても背徳的で、とても官能的。

「ん……っ。ジークの、ここも……大きく、なってっ」

と、そんな事を言ってくるアハト。

あたりまえだ、ここまで可愛らしいものを見せられたのだ。

反応しなければ、男が廃《すた》る。

そして、このまま何もしないのも同様に男が廃るというもの。

ジークは考えた後、アハトの腰を両手でしっかりホールドする。

「あ……っ、ジーク？」

と、驚《おどろ》いた様子のアハト。

だが、そんなのは知らない――ここまでジークを昂《たかぶ》らせた彼女が悪い。

そして、ジークはアハトの体を持ち上げると。

パンッ！

打ち付けるように下げた。

「んぁ⁉」

と、聞こえてくるアハトの声。
同時、彼女の大切な場所から噴《ふ》き出す淫蜜。
ジークはそれすらも無視し、アハトの体を上下させていく。
彼女の太ももと、大切な場所――それを使って息子をしごきあげていく。
パンッ！　パンッ！。
パンッ！　パンッ！　パンッ！
「ん……きゅっ、ジーク――そ、れっ。わ、わたし……玩具《おもちゃ》、みたいに使われ――っ」
と、いやいやしながらも、ぴゅっぴゅと淫蜜を溢れさせるアハト。
彼女は身体をよじりながら、さらに言葉を続けてくる。
「で、もっ。す……きっ。おま、え……にっ。玩具みたいに使わるの、好き――っ」
きゅっ。
きゅっ、きゅんっ。
と、太ももを打ち付けに合わせて締《し》めてくるアハト。
そろそろ終わりも近い。
ジークはさらに力を入れ、アハトの体を上下させる、
彼女の体を自慰をするための玩具のようにして、息子をシゴきあげていく。

そして、ついにその時がやってくる。

パンッ！

アハトの身体を下げると同時、ジークが息子を突《つ》き上げる。

瞬間《しゅんかん》、息子から発射されるのは白濁《はくだく》液……続いて。


「イ、ク……～～～～～～～～～～～～～～～～～～～～～～～～～～っ！」


身体を激しく痙攣《けいれん》させ、盛大に淫蜜を吹《ふ》きだすアハト。

ジークはそんな彼女を、背後から思い切り抱きしめる……すると。

「ん……ぁ」

と、身体をぴくぴくさせているアハト。

彼女は何とかといった様子で、ジークの方を見てくる。

そして、彼女は彼へと言ってくる。

「好き、ですよ……ジーク」

「あぁ」

「わたしの事を……ずっと傍《そば》に、おいてください……わたしを、離さないで」

「安心しろ。お前の心も身体も、全部俺《おれ》の物だ」

「ん……っ。よか……った」

と、目を閉じ眠ってしまうアハト。

きっと、初めてのこういう行為《こうい》に疲《つか》れたに違いない。

ジークはそんな彼女を、ゆっくりとベッドに寝《ね》かせるのだった。

あとがき

ここで言わなくても、知っていると思いますが……。

『常勝魔王のやりなおし』のコミカライズが進行中です‼

作者、すでにハゲておりますが、ハゲるほど嬉しいです‼

ラフやキャラデザなどを、すでに見せてもらっているのですが……え、これすごくね⁉

ってレベルで、めっさクオリティ高いハイクオリティ高いイラストで感激しております！

つまり、読者の皆様……楽しみにしていてください！

ぜひぜひ、コミカライズ版『常勝魔王のやりなおし』も、読んでくれると嬉しいです！

さて、順番が前後した感ありますが。

『常勝魔王のやりなおし』の2巻を購入してくれて、誠にありがとうございます。

今回のお話では、真の勇者ミアに似ている新キャラ『アハト』が登場します。

そこで突然なのですが、「おまえ」って呼んでくれる女の子……可愛くないか？

アハトは「おまえ」呼び、さらには漂うくっころ臭、そして金髪‼

すこだ……アハトには、作者のすこを全力で詰め込んでみました。

読者の皆様はどうでしょうか？

これから読む読者様、もう読んだという読者様——頑張って生み出した子ですので、好きになっていただけると幸いです。

すこで思い出しましたが、以前ツイッターで『常勝魔王で、どのキャラが一番好きですか?』と聞かれたのですが。

だいたい全員好きです——しいて言うなら、エミールとブランかなぁと。

金髪クズと、真っ白おにゃのこは正義なので!

いつか、エミールを主人公にしたお話とかも、書く機会あれば書いてみたいです。

さてさてさて、長くなりましたが最後に謝辞を。

購入してくれた読者様、改めてありがとうございます。

そして、支えてくれた編集者様とHJ文庫編集部の皆様、ありがとうございます。

そしてそして、アジシオ先生!　エロ可愛いイラストをありがとうございます。

そしてそしてそして、呪い退治や、馬の育成、モンスター狩りに付き合ってくれる友人たち、いつも笑かしてくれてありがとうございます。

最後に執筆できる環境を提供してくれている家族のみんな、マジでサンクスありがとうございます。

それでは、これからもアカバコウヨウをよろしくお願いします。

HJ文庫 http://www.hobbyjapan.co.jp/hjbunko/
930

常勝魔王のやりなおし2
～俺はまだ一割も本気を出していないんだが～

2021年5月1日　初版発行

著者――アカバコウヨウ

発行者―松下大介
発行所―株式会社ホビージャパン

〒151-0053
東京都渋谷区代々木2－15－8
電話　03(5304)7604（編集）
　　　03(5304)9112（営業）

印刷所――大日本印刷株式会社

装丁――Tomiki Sugimoto／株式会社エストール

Printed in Japan

ISBN978-4-7986-2489-1　C0193

HJ文庫毎月1日発売!

元カノ先生は、ちょっぴりエッチな家庭訪問できみとの愛を育みたい。1

著者／猫又ぬこ　イラスト／カット

先生、俺を振ったはずなのにどうして未練まる出しで誘惑してくるんですか!?

二連続の失恋を食らった俺の前に元カノたちが新任教師として現れた。二人とも、俺が卒業するまでは教師らしく接すると約束したのだが……。「ねえ、チューしていい？」「私との添い寝、嫌いになったの？」ふたり同時に抜け駆け＆通い妻としてこっそり愛を育もうとしてきて──!?

発行：株式会社ホビージャパン